万物有真趣

丰子恺 著

天地出版社 | TIANDI PRESS

图书在版编目（CIP）数据

万物有真趣 / 丰子恺著. — 成都：天地出版社，2018.10

ISBN 978-7-5455-3951-6

Ⅰ.①万… Ⅱ.①丰… Ⅲ.①散文集—中国—现代 Ⅳ.①I266

中国版本图书馆CIP数据核字（2018）第112936号

万物有真趣
WANWU YOU ZHENQU

出 品 人	杨　政
著　　者	丰子恺
责任编辑	张秋红
装帧设计	仙　境
责任印制	葛红梅

出版发行	天地出版社 （成都市槐树街2号　邮政编码：610014）
网　　址	http://www.tiandiph.com http://www.天地出版社.com
电子邮箱	tiandicbs@vip.163.com
经　　销	新华文轩出版传媒股份有限公司

印　　刷	河北鹏润印刷有限公司
版　　次	2018年10月第1版
印　　次	2018年10月第1次印刷
成品尺寸	145mm×210mm　1/32
印　　张	8
字　　数	150千
定　　价	49.80元
书　　号	ISBN 978-7-5455-3951-6

版权所有◆违者必究

咨询电话：（028）87734639（总编室）
购书热线：（010）67693207（市场部）

本版图书凡印刷、装订错误，可及时向我社发行部调换

PART1　生活可以是艺术的

- 003　学会艺术的生活
- 008　山水间的生活
- 014　闲居
- 019　精神的粮食
- 022　先器识而后文艺
- 028　艺术的眼光
- 044　谈自己的画

PART2　发现生活之美

063　看展览会用的眼镜
069　陋巷
076　工艺实用品与美感
093　从梅花说到美
106　巷中的美音
114　晚餐的转调

PART3　万物有灵且美

125　物语
139　蟹
148　杨柳
154　初步
162　邻人
166　花纸儿
175　翡翠笛
183　竹影
189　蛙鼓

PART4　以艺术的方式过一生

201　艺术与人生
215　美术与人生
219　山中避雨
224　不惑之礼
230　读书
234　颜面
241　甘美的回味

PART1

生活可以是艺术的

大樹興枝 保家赤子 子愷

学会艺术的生活

原本我们初生入世的时候,最初并不提防到这世界是如此狭隘而使人窒息的。

我们虽然由儿童变成大人,然而我们这心灵是始终一贯的心灵,即依然是儿时的心灵,只不过经过许久的压抑,所有的怒放的、炽热的感情的萌芽,屡被磨折,不敢再发生罢了。这种感情的根,依旧深深地伏在做大人后的我们的心灵中。这就是"人生的苦闷"的根源。

我们谁都怀着这苦闷,我们总想发泄这苦闷,以求一次

人生的畅快。艺术的境地,就是我们所开辟的、来发泄这生的苦闷的乐园。我们的身体被束缚于现实,匍匐在地上。然而我们在艺术的生活中,可以暂时放下我们的一切压迫与负担,解除我们平日处世的苦心,而作真的自己的生活,认识自己的奔放的生命。我们可以瞥见"无限"的姿态,可以体验人生的崇高、不朽,而发现生的意义与价值了。艺术教育,就是教人以这艺术的生活的。

知识、道德,在人世间固然必要,然倘若缺乏这种艺术的生活,纯粹的知识与道德全是枯燥的法则的纲。这纲愈加繁多,人生愈加狭隘。

所谓艺术的生活,就是把创作艺术、鉴赏艺术的态度来应用在人生中,即教人在日常生活中看出艺术的情味来。倘能因艺术的修养,而得到了梦见这美丽世界的眼睛,我们所见的世界,就处处美丽,我们的生活就处处滋润了。

艺术教育就是教人用像作画、看画一样的态度来对世界;换言之,就是教人学做孩子,就是培养小孩子的这点"童心",

使他们长大以后永不泯灭。童心，在大人就是一种"趣味"。培养童心，就是涵养趣味。

大人与孩子，分居两个不同的世界。儿童对于人生自然，另取一种特殊的态度，即对于人生自然的"绝缘"的看法。哲学地考察起来，"绝缘"的正是世界的"真相"，即艺术的世界正是真的世界。

人类最初，天生是和平的、爱的，所以小孩子天生有艺术态度的基础。

世间教育儿童的人，父母、老师，切不可斥儿童的痴呆，切不可把儿童大人化，宁可保留、培养他们的一点痴呆，直到成人以后。因为这痴呆就是童心。童心，在大人就是一种"趣味"。培养童心，就是涵养趣味。小孩子的生活，全是趣味本位的生活。我所谓培养，就是做父母、做老师的人，应该乘机助长，修正他们的对于事物的看法。要处处离去因袭，不守传统，不照习惯，而培养其全新的、纯洁的"人"的心。对于世间事物，处处要教他用这个全新的纯洁的心来领受，或用这个

全新的纯洁的心来批判选择而实行。

认识千古大谜的宇宙与人生的,便是这个心。得到人生的最高愉悦的,便是这个心。

赤子之心。

孟子说:"大人者,不失其赤子之心者也。"所谓赤子之心,就是孩子的本来的心,这心是从世外带来的,不是经过这世间的造作后的心。明言之,就是要培养孩子的纯洁无疵、天真烂漫的真心,使成人之后,"不为物诱",能主动地观察世间,矫正世间,不致被动地盲从这世间已成的习惯,而被世间结成的罗网所羁绊。

常人抚育孩子,到了渐渐成长,渐渐脱去其痴呆的童心而成为大人模样的时代,父母往往喜慰,实则这是最可悲哀的现状!因为这是尽行放失其赤子之心,而为现世的奴隶了。

家住夕陽江上邨一彎流水遶柴門鐘來松樹高於屋借與春禽養子孫

子愷

山水间的生活

我家迁住白马湖上后三天,我在火车中遇见一个朋友,对我这样说:"山水间虽然清静,但物质的需要不便之外,住家不免寂寞,办学校不免闭门造车,有利亦有弊。"我当时对于这话就起一种感想,后来忙中就忘却了。

现在春晖在山水间已生活了近一年了,我的家庭在山水间已生活了一月多了。我对于山水间的生活,觉得有意义,又想起了火车中的友人的话。写出我的几种感想在下面。

我曾经住过上海,觉得上海住家,邻人都是不相往来,而且敌视的。我也曾做过上海的学校教师,觉得上海的繁华和文明,能使聪明的明白人得到暗示和觉悟,而使悟力薄弱的人受到很恶的影响。我觉得上海虽热闹,实在寂寞,山中虽冷静,实在热闹,不觉得寂寞。就是上海是骚扰的寂寞,山中是清静的热闹。

在火车里的几小时,是在这社会里四五十年的人生的缩图。座位被占,提包被偷等恐慌,就是生活恐慌的缩形。倘嫌山水间的生活的寂寞,而慕都会的热闹,犹之在只乘四五个相熟的人的火车里嫌寂寞,要望别的拥挤着的车子里去。如果有这样的人,他定是要描写拥挤的车子而去观察的小说家,否则是想图利去的 pickpocket(扒手)。

我在教授图画唱歌的时候,觉得以前曾在别处学过图画唱歌的人最难教授,全然没有学过的人容易指导。同样,我觉得在社会里最感到困难的是"因袭的打破难"。许多学校风潮,许多家庭悲剧,许多恶劣的人类分子,都是"因袭的罪恶",何尝是人间本身的不良。因袭好比遗传,永不断绝。新文化一次输入因袭旧恶的社会里,仿佛注些花露水在粪里,气味更难当。再输入一次,仿佛在这花露水和粪里再注入些香油,又变

一种臭气。我觉得无论什么改造,非先除去因袭的恶弊终归越弄越坏。在山水间的学校和家庭,不拘何等孤僻,何等少见闻,何等寂寥,"因袭的传染的隔远"和"改造的容易入手"是实实在在的事实。

我从前往往听见人讲到子弟求学或职业等问题,都说:"总要出上海①!"听者带着一种对于将来生活的恐慌的自警的态度默应着。把这等话的心理解剖起来,里面含着这样的几个要素:(一)上海确是文明地,冠盖之区,要路津。(二)少年应当策高足,先据这要路津。(三)这就是吾人应走的前途。所谓闭门造车,也是具有这样的内容的话。怀着这样的思想的人,是因袭的奴隶,是因袭的维持者。

闭门造车,是指说不符合门外的轨道的大小,造了不能在门外的轨道上运行的车。行车一定要在已成的轨道上吗?这已成的轨道确是引导我们走正路的吗?有了车不能造轨道的吗?在这"闭门造车"一句话里,分明表示着人们的依赖、因袭,和创造力多么薄弱。

---

① 出上海,指到上海去。——编者注

PART1　生活可以是艺术的

不造则已，如果要造车，一定非闭门造不可。如果依照已成的轨道而造，所造出的车子和以前已有的车子一样，就在已成的轨道上随波逐流地去了。即使已有的车子是好的，已成的轨道是正的，造车的效力也不过加多了车，不是造车的进步。何况已有的车子或者不好，已成的轨道或者不正呢。

"好久不到都会了，好久不看报了，退步了。"这样说的人也有。实在，进步是前进的意思，进步越快，离社会越远，离社会越远，进步越深（这是厨川白村说的）。子路说道："吾过矣，吾离群而索居，亦已久矣。"这便是子路所以为子路。

"山水间生活，有利亦有弊"，这大概是指清静、空气新鲜、生活程度低等是利，需要不便、寂寞、闭门造车等是弊。这是要计较两方的利弊长短而取舍的意思。这话的内容和"新思想并不恶、时势变更了不得已而然的。但从前的习惯一概不好，也不能说"的话同是乡愿的话。

这话的变形，就是"凡物都有明暗两方面的"。这话固然不错。但我觉得明暗是一体的。非但如此，明是因为有暗而益明的。仿佛绘画，明调子因暗调子而益美，暗调子因明调子

而也美了。断不是明面好,暗面不好,如果取明而弃暗,就是Ruskin(罗斯金)所谓:"自然像日光和阴影相交一般混合着优劣两种要素,使双方相互地供给效用和势力的。所以除去阴影的画家,定要在他自己造出来的无荫的沙漠里烧死!"

爱一物,是兼爱它的阴暗两方面。否,没有暗的明是不明的,是不可爱的。我往往觉得山水间的生活,因为需要不便而菜根更香,豆腐更肥。因为寂寥而邻人更亲。

且勿论都会的生活与山水间的生活孰优孰劣,孰利孰弊。人生随处皆不满,欲图解脱,唯于艺术中求之。

闲居

闲居,在生活上人都说是不幸的,但在情趣上我觉得是最快适的了。假如国民政府新定一条法律:"闲居必须整天禁锢在自己的房间里",我也不愿出去干事,宁可闲居而被禁锢。

在房间里很可以自由取乐;如果把房间当作一幅画看的时候,其布置就如画的"置陈"了。譬如书房,主人的座位为全局的主眼,犹之一幅画中的 middle point(中心点),须居全幅中最重要的地位;其他自书架、几、椅、藤床、火炉、壁饰、自鸣钟,以至痰盂、纸篓等,各以主眼为中心而布置,使全局的焦点集中于主人的座位,犹之画中的附属物、背景,均须有护卫主物,显衬主物的作用。这样妥帖之后，人在里面，精神自然安定、集中而快适。这是谁都懂得，谁都可以自由取乐的事。虽然有的人不讲究自己的房间的布置，然走进一间布置很妥帖的房间，一定谁也觉得快适。这可见人人都会鉴赏，鉴赏就是被动的创作，故可说这是谁也懂得，谁也可以自由取乐的事。

我在贫乏而粗末的自己的书房里，常常欢喜作这个玩意儿。把几件粗陋的家具搬来搬去，一月中总要搬数回。搬到痰盂不能移动一寸，脸盆架子不能旋转一度的时候，便有很妥帖的位置出现了。那时候我自己坐在主眼的座上，环视上下四周，君临一切。觉得一切都朝宗于我，一切都为我尽其职司，如百官之朝天，众星之拱北辰。就是墙上一只很小的钉，望去也似乎居相当的位置，对全体为有机的一员，对我尽专任的职司。我统御这个天下，想象南面王的气概，得到几天的快适。

有一次我闲居在自己的房间里，曾经对自鸣钟寻了一回开心。自鸣钟这个东西，在都会里差不多可说是无处不有，无人不备的了。然而它这张脸皮，我看惯了真讨厌得很。罗马字的还算好看；我房间里的一只，又是粗大的数学码子的。数学的九个字，我见了最头痛，谁愿意每天做数学呢！

有一天，大概是闲日月中的闲日，我就从墙壁上请它下来，拿油画颜料把它的脸皮涂成天蓝色，在上面画几根绿的杨柳枝，又用硬的黑纸剪成两只飞燕，用糨糊粘住在两只针的尖头上。这样一来，就变成了两只燕子飞逐在杨柳中间的一幅圆额的油画了。凡在三点二十几分，八点三十几分等时候，画的构图就非常妥帖，因为两只飞燕适在全幅中稍偏的位置，而且追随在一块，画面就保住均衡了。辨识时间，没有数目字也是很容易的：针向上垂直为十二时，向下垂直为六时，向左水平为九时，向右水平为三时。这就是把圆周分为四个 quarter（一刻钟），是肉眼也很容易办到的事。一个 quarter 里面平分为三格，就得长针五分钟的距离了，虽不十分容易正确，然相差至多不过一两分钟，只要不是天文台、电报局或火车站里，人家家里上下一两分钟本来是不要紧的。倘眼睛锐利一点，看惯之后，其实半分钟也是可以分明辨出的。这自鸣钟现在还挂在我的房间里，虽然惯用之后不甚新颖了，然终不觉得讨厌，因为它在壁上不是显明的实用的一只自鸣钟，而可以冒充一幅油画。

除了空间以外，闲居的时候我又喜欢把一天的生活的情调来比方音乐。如果把一天的生活当作一个乐曲，其经过就像乐章

（movement）的移行了。一天的早晨，晴雨如何？冷暖如何？人事的情形如何？犹如第一乐章的开始，先已奏出全曲的根柢的"主题"（theme）。

一天的生活，例如事务的纷忙，意外的发生，祸福的临门，犹如曲中的长音阶（大音阶）变为短音阶（小音阶）的，C调变为F调，adagio（柔板）变为allegro（快板）；其或昼永人闲，平安无事，那就像始终C调的andante（行板）的长大的乐章了。

以气候而论，春日是孟檀尔伸［门德尔松（Mendelssohn）］，夏日是裴德芬［贝多芬（Beethoven）］，秋日是晓邦［肖邦（Chopin）］、修芒［舒曼（Schumann）］，冬日是修斐尔德［舒伯特（Schubert）］。这也是谁也可以感到，谁也可以懂得的事。试看无论什么机关里、团体里，做无论什么事务的人，在阴雨的天气，办事一定不及在晴天的起劲、高兴、积极。如果有不论天气，天天照常办事的人，这一定不是人，是一架机器。只要看挑到我们后门头来卖臭豆腐干的江北人，近来秋雨连日，他的叫声自然懒洋洋地低钝起来，远不如一月以前的炎阳下的"臭豆腐干"的热辣了。

精神的粮食[1]

　　人生目的为何？从伦理的哲学的言之，要不外乎欲得理想的生活，亦即欲得快乐的生活。换言之，欲满足种种欲望。人欲有五：食欲，色欲，知欲，德欲，美欲是也。食色二欲为物质的，为人生根本二大欲。但人决不能仅此满足即止，必进而求其他精神的三大欲之满足。此为人生快乐的向上，向上不已，食色二欲中渐渐混入美欲，终于由美欲取代食色二欲，是为欲之升华。升华之极，轻物质而重精神。所欲有甚于生，人生即达于"不朽"之理想境域。故精神的粮食，

---

[1] 本篇为1939年作者在广西宜山浙江大学所编的《艺术教育》油印讲义第14节。——编者注

有时更重于物质的粮食。浅而言之，儿童之求游戏有时甚于求食。囚犯之苦寂寞有时甚于饥寒。反之，发愤忘食，闻乐不知肉味，亦不独孔子为然，人皆有之，不过程度有差等耳。今人职业与事业不符者，苦痛万状。因职业只供物质的粮食，而不供精神的粮食也。

以艺术为粮，则造型美术如食物，诗文、音乐如饮料，演剧、舞蹈如盛筵。

于艺术中求五味，则闲适诗，纯绘画（图案，四君子等），纯音乐[Bach（巴赫）等作品]，注重形式，悦目赏心，其味如甜。记叙，描写，抒情之诗，史画，院画，诗画，描写乐，标题乐及歌曲，兼重内容，言之有物，其味如咸。讽喻诗，宣传画（poster），漫画，军乐，战歌，动心忍性，其味如辣。感伤诗，浪漫画，哀乐，夜曲，清幽隽永，其味如酸。至于淫荡之诗，恶俗之画，靡靡之音，则令人呕吐，其味如臭矣。

先器识而后文艺

——李叔同先生的文艺观

　　李叔同先生，即后来在杭州虎跑寺出家为僧的弘一法师，是中国近代文艺的先驱者。早在五十年前，他首先留学日本，把现代的话剧、油画和钢琴音乐介绍到中国来。中国的话剧、油画和钢琴音乐，是从李先生开始的。他富有文艺才能，除上述三种艺术外，又精书法，工金石（现在西湖西泠印社石壁里有"叔同印藏"），长于文章诗词。文艺的园地，差不多被他走遍了。一般人因为他后来做和尚，不大注意他的文艺。今年是李先生逝世十五周年纪念，又是中国话剧五十周年纪念，我追慕他的文艺观，

PART1 生活可以是艺术的

略谈如下:

李先生出家之后,别的文艺都屏除,只有对书法和金石不能忘情。他常常用精妙的笔法来写经文佛号,盖上精妙的图章。有少数图章是自己刻的,有许多图章是他所赞善的金石家许霏(晦庐)刻的。他在致晦庐的信中说:

晦庐居士文席:惠书诵悉。诸荷护念,感谢无已。朽人剃染已来二十余年,于文艺不复措意。世典亦云,"士先器识而后文艺",况乎出家离俗之侣!朽人昔尝诫人云,"应使文艺以人传,不可人以文艺传",即此义也。承刊三印,古穆可喜,至用感谢……(见林子青编《弘一大师年谱》第二○五页)

这正是李先生文艺观的自述,"先器识而后文艺""应使文艺以人传,不可人以文艺传",正是李先生的文艺观。

四十年前我是李先生在杭州师范①任教时的学生,曾经在五年间受他的文艺教育,现在我要回忆往昔。李先生虽然是一个演话剧,画油画,弹钢琴,作文,吟诗,填词,写字,刻图章的人,但在杭州师范的宿舍里的案头,常常放着一册

---
① 指浙江省立第一师范学校,校址在杭州。——编者注

万物有真趣

《人谱》①，这书的封面上，李先生亲手写着"身体力行"四个字，每个字旁加一个红圈，我每次到他房间里去，总看见案头的一角放着这册书。当时我年幼无知，心里觉得奇怪，李先生专精西洋艺术，为什么看这些陈猫古老鼠②。而且把它放在座右，后来李先生当了我们的级任教师，有一次叫我们几个人到他房间里去谈话，他翻开这册《人谱》来指出一节给我们看。

> 唐初，王（勃）、杨、卢、骆皆以文章有盛名，人皆期许其贵显，裴行俭见之，曰：士之致远者，当先器识而后文艺。勃等虽有文章，而浮躁浅露，岂享爵禄之器耶……③

他红着脸，吃着口（李先生是不善讲话的），把"先器识而后文艺"的意义讲解给我们听，并且说明这里的"贵显"和"享爵禄"不可呆板地解释为做官，应该解释道德高尚，人格伟大的意思。"先器识而后文艺"，译为现代话，大约是"首重人格修养，次重文艺学习"，更具体地说："要做一个好文艺家，必先做一个好人。"可见李先生平日致力于演剧、绘画、

---
① 明刘宗周著，书中列举古来许多贤人的嘉言懿行，凡数百条。——编者注
② 作者的家乡话，意即陈旧的东西。——编者注
③ 见《人谱》卷五，这一节是节录《唐书·裴行俭传》的。——编者注

PART1 生活可以是艺术的

音乐、文学等文艺修养,同时更致力于"器识"修养。他认为一个文艺家倘没有"器识",无论技术何等精通熟练,亦不足道,所以他常诫人"应使文艺以人传,不可人以文艺传"。

我那时正热衷于油画和钢琴的技术,这一天听了他这番话,心里好比新开了一个明窗,真是胜读十年书。从此我对李先生更加崇敬了。后来李先生在出家前夕把这册《人谱》连同别的书送给我。我一直把它保藏在缘缘堂中,直到抗战时被炮火所毁。我避难入川,偶在成都旧摊上看到一部《人谱》,我就买了,直到现在还保存在我的书架上,不过上面没有加红圈的"身体力行"四个字了。

李先生因为有这样的文艺观,所以他富有爱国心,一向关心祖国。孙中山先生辛亥革命成功的时候,李先生(那时已在杭州师范任教)填一曲慷慨激昂的《满江红》,以志庆喜:

皎皎昆仑,山顶月,有人长啸。看囊底,宝刀如雪,恩仇多少!双手裂开鼷鼠胆,寸金铸出民权脑。算此生不负是男儿,头颅好。

荆轲墓,咸阳道。聂政死,尸骸暴。尽大江东去,余情还绕。魂魄化成精卫鸟,血花溅作红心草。看从今一担好河山,

英雄造。①

  李先生这样热烈地庆喜河山的光复,后来怎么舍得抛弃这"一担好河山"而遁入空门呢?我想,这也仿佛是屈原为了楚王无道而忧国自沉吧!假定李先生在"灵山胜会"上和屈原相见,我想一定拈花相视而笑。

---

① 见《弘一大师年谱》第三十九页。——编者注

艺术的眼光[①]

你一定在物理学中学过,人的眼睛望出去的线,叫做视线,视线一定是直线,不会弯曲的。

但这是科学上的说法。在艺术上,说法又不同。从艺术上看来,人的眼光,有时是直线,有时是曲线。人在幼年时代,眼光大都是直线的。年纪长大起来,眼光渐渐变成曲线。还有,人在研究艺术的时候,眼光大都是直线的。在别的(例如研究科学,经营生产等)时候,眼光就变成曲线。

你不相信这话吗?有事为证:譬如这窗前有一排房屋,

[①] 本篇原收于《率真集》。——编者注

两株苹果树，人在窗中眺望，眼光从眼球达到房屋上及苹果树上。这人倘是小孩，这眼光大都是直线，只射在房屋及苹果树的表面。他只看见屋顶的形状，墙的形状，窗的形状，树的形状以及它们的色彩。但倘这人是熟悉当地情形的成人，他的眼光射到了房屋及树上，便会弯曲起来。他的眼光弯进房屋里头，想见这是人家的住宅，里头住的是某先生某太太和他们的子女。有时他的眼光再转一个弯，弯进某先生的书橱里，想见他有许多古书，在今日是非常宝贵的。他的眼光还可弯弯曲曲地转到某先生的皮包里，以及他的办公处，甚至某太太的箱子里，以及她的娘家……

又如，这人正在研究艺术，要为窗前景物写生，他的眼光也只注射在房屋及苹果树的表面，只看见它们的形状、色彩和神态。但倘这人正在研究工程，他的眼光就会转弯，弯到房屋的木料上，构造上，以及价值上去。倘这人正在研究生物，他的眼光也会转弯，弯到苹果树的根茎枝叶上去。倘这人是木匠，他的眼光会弯到树干的质料上去。倘这人是水果店老板，他的眼光还会弯到未来的花和果子上去……

可见各人的眼光不同，有的作直线，有的作曲线。因此

各人所见的也不同。眼光直的，看见物象本身的姿态。眼光曲的，看见物象的作用，对外的关系。前者真正叫做"看见"，后者只能称为"想见"。

成人，研究科学的人，经营生产的人，看物象时都能"想见"其作用及因果关系，却往往疏忽了物象本身的姿态。反之，儿童及艺术家，看物象时不管它的内部性状及对外关系，却清清楚楚地看见了物象本身的姿态。

你得疑问：艺术家就同孩子们一样眼光吗？我郑重地答复你：艺术家在观察物象时，眼光的确同儿童的一样，不但如此，艺术家还要向儿童学习这天真烂漫的态度呢。所以从前欧洲的大诗人歌德（Goethe），被人称为"大儿童"。因为他一生天真烂漫，像儿童一样，才能做出许多好诗来。

但须知道，艺术家的眼光与儿童的眼光，有一点重要区别，即儿童的眼光常常是直线，不能弯曲。艺术家的眼光则能屈能伸。在观察物象研究艺术的时候，眼光同儿童一样笔直，但在处理日常生活的时候，眼光又会弯曲起来。这叫做能屈能伸。

譬如儿童看见月亮，说是一只银钩子。诗人也说"一钩

PART1 生活可以是艺术的

新月挂梧桐"。儿童看见云,当它是山。诗人也说"青山断处借云连"。但儿童是真个把新月当作银钩子,有时会哭着要拿下来玩,真个把云当作山,有时会哭着要爬上去玩。艺术家则不然,他但把眼前景物如是描写,使它发生趣味,在人生中,趣味实在是一件重要的事体,如果没有趣味,件件事老老实实地,实实惠惠地做,生活就嫌枯燥。这也是人生需要艺术的原因之一。但这不是本文题内的话,暂不详说。

且说艺术的眼光,已如上述,是能屈能伸的。所谓屈,就是对付日常生活时所用的眼光,就是看见物象时"想见"其作用及关系,不必练习。至于伸,却是艺术研究时所专用的眼光,就是看见物象时不动思虑而仅是"看见"其本身姿态,倒是要练习的。若不练习,你的眼光被种种思虑所遮蔽,而看不清楚物象的本身姿态。

请举实例来证明这事:譬如一个人坐在凳子上,他的前面的桌子上,放着一册英语辞典,他拿起笔来为这辞典写生。这人倘是从来没有学过图画的人,描起来大都错误。错误在哪里呢?形状不正确!不是直线眼光所"看见"的本身姿态,而是曲线眼光所"想见"的非本身姿态,何以见得呢?因为他所

画的书，书的面子很长，书的一端很低，表示了书面和书端的实际大小。例如这字典的面子长六寸，一端的厚二寸，他就取近于六和二的比例来描写，以致这字典不像横卧在桌上，却像直立在桌上，然而底下的一端又完全看见，便成了不合理的形状。这错误的原因，就在于"想"而不"看"。平日见惯这种字典，想见书面大于书端，就照所想的画出，便成错误。倘屏绝思索，用直线的眼光来"看"，便看见书面实际虽有六寸长，但横放在桌上，你坐着斜斜地望去，所"见"的很扁，不过三寸左右。书端垂直在桌面，你坐着望去仍是二寸厚。这样书面之长与书端之厚，其实相差不多，不过三与二之比而已。倘然桌子再高些，或者凳子再低些，那时所见的书面更小，甚至不满二寸，反比书端更小。

再举一例：倘使没有学过图画的人，你请他画一个人的脸孔，他一定画错。错在什么地方呢？大都错在眼睛画得太高。他先画个蛋形，在蛋形里头，在上方的三分之一处画眉毛眼睛，在下方的三分之一处画鼻头嘴巴，这就大错了。原来人的眼睛，一定生在头的二分之一处，即正中。从眼睛到头顶的距离，一定等于眼睛到下巴的距离。没有学过图画的人，为什么错误呢？也是"想"而不"看"的原故。他想：眼睛上面东西很少，只有不甚重要的两条眉毛，其余额骨和头发不足注意。而眼睛下面花样很多：鼻头是长长的，底下有两个洞，会流出鼻涕来。嘴巴会吃饭，又会讲话。有时上下还会生出胡须来。这样一想，就觉得眼睛以上很冷静，而以下很热闹。于是提起笔来，把眼睛高高地画在上方，就成了很可怕的面貌（读者诸君可试画画看）。倘然能屏绝思虑，用直线的眼光去观察脸孔的本身的姿态，就可发见前述的定规，眼睛的位置必定在头的正中。眼睛以上，花样虽少，地方却大。如果应用这眼光去看婴孩的头，更可知道，婴孩的眼睛生得非常之低，竟位在头的下方三分之一处。眼睛以上，脑壳很大，要占头的三分之二，眼睛以下，口鼻下巴都很小，只占头的三分之一。有一张宣传画，画丈夫去当兵，妻子背着婴孩种田，我看那婴孩，简直是一个小型的大人。那女人背着这样的一个怪物而种田，样子很可笑。看的人都说，"这孩子画得不像"。但他们说不出不像的原故来。其实原故很简单，就只是两只眼睛画得太高了，画在比正中更高的地方，就画成一个"小大人"。只要把眼睛改低，改在头的下面三分之一的地方，就像一个可爱的婴孩了。

上面两实例,足证我们的眼光,常被思虑所惑乱。因而看不清楚物象本身的姿态。儿童思虑简单,最容易发见物象的本相。所以,学画从儿童时代学起,最易入门。但只要能懂得把眼光放直的方法,即使是饱经世故的成人也可以学画。

要学艺术的人们,请先把你们的眼光放直来!

眼光放直的方法,最初有两种练习,第一是透视练习,第二是色彩练习。

透视法,又名远近法,英文叫做 perspective。这是对于"形状"的"眼光放直法"。换言之,就是把眼前的立体形的景物看作平面形(当它是挂在你眼前的一张画)的方法。你眼前的各种景物,对你的距离远近不等:一枝花离开你数尺,一间屋离开你数丈,一座山离开你数里。但你要把这些景物描在纸上时,必须撤去它们的距离,把它们看作没有远近之差的同一平面上的景象,方才可写成绘画。"远近法"这个名词,就是从这意义上来的。要把远近不同的许多事物拉到同一平面上来,使它们没有远近之差,只要假定你眼前竖立着一块很大的玻璃板〔犹似站在大商店的样子窗(橱窗)前〕,隔着玻璃板而眺望景物，许多景物透过了玻璃板而映入你的眼中时，便在玻璃上显出绘画的状态。"透视法"这个名词，就是从这意义上来的。

物体的大小高低等形状，实际的与透视的（绘画的）完全不同。实际上同样的，在绘画上有种种变化；距离远近一变，大的东西会变成小，方的东西会变成扁。位置上下一变，高的东西会变成很低，低的东西会变成很高。例如：笔直的马路旁边，种着同样高低的许多树。你站在马路中眺望树列。忘记它们的远近。当它们是面前一块大玻璃板上的现象时，便见树木越远越小越短。又如很长的走廊的天花板上，装着许多电灯。你站在走廊的一端眺望时，用上述的看法，便见电灯越远越小越低。再看走廊的地板，便见越远越小越高。

研究这种形状变化的规则的，就是远近法。远近法的要点，是"视线"与"视点"。在玻璃板上画一条与观者的眼睛等高的水平线，这就是"视线"。再从观者所站立的地方向上引一垂线，二线在玻璃板上相交，这交点就是"视点"。此时眼前一切物体的形状的变化，皆受视线与视点的规律。凡在视线上面的（实际上，就是比观者的眼睛的位置更高的东西。例如电灯，屋檐等），近者高而远者低。反之，在视

线下面的（实际上，就是比观者的眼睛低的东西，例如教室里的凳子，走廊里的地板，铁路等），近者低而远者高。在画中，视线就是地平线。视点就是观者所向的地平线上的一点。上下左右四方一切物体，皆由视点的放射线规定其大小的变化。关于详细的法则，有透视法专书记述，现在不必详说。读者须知道：透视法，其实很容易。只要懂得了眼光放直的看法，一切透视法都懂得，不必再读透视法专书了。透视法专书，好比文法书，你们学英语，只要熟读理会，不学文法亦可。反之，如不熟读理会，要按照了文法的规则而讲英语，是万万不能的。同理，不懂得眼光放直的方法，要按照了远近法的规则而作画，也是万万不能的。

由上文可知物体的透视状态，与实际状态完全不同。实际上大的东西，在透视上有时变得很小。实际上高的东西，在透视上有时变得很低。对风景时要作透视的看法，只要不想起实际的东西，而把眼前各物照当时所显出的形状移到所假定的玻璃板上，便可看见一幅合于远近法的天然图画。例如你站在河岸上，看见最近处水面上有一只帆船。稍远，对岸有一座桥。更远，桥后面有一座山。更远，山顶上有一座塔。这时候你可想象面前竖立着一块大玻璃板，而把远近不同的船、桥、山、塔，一齐照当时所显现的形状而拉到玻璃板的平面上来，便见一幅风景画。但当你拉过来的时候，必须照其当时所显现的形状，切不可想到实物。倘然当它们是实物而思索起来，就看不见天然的图画了。因为当作实物时，一定要想起"桥比船大，塔比桅粗，山比帆高"等实际的情形。但在透视形状中，完全与你所想的相反：桥比船小得多，塔比桅细得多，帆比山高得多。帆船中的小孩子，其身体比桥上走的大人大了数十倍呢。倘照实际大小描写，便不成为绘画。故风景必合乎远近法，方成为绘画。即现实必用直线的眼光看，方成为艺术。

其次，对于色彩，也须用直线的眼光看，方能使它成为艺术上的色彩。

色彩，照科学的理论，是由日光赋予的。日光有七色：赤、橙、黄、绿、青、蓝、紫。其中赤、黄、蓝叫做"三原色"，是一切色彩的根源。三原色拼合起来，产生"间色"：橙（赤与黄拼），青、绿（黄与蓝拼），紫（红与蓝拼），便是第一次间色。间色再互相拼合起来，产生无穷的色彩，有许多色彩，没有名词可称呼。这便造成世间一切的色彩。宇宙间森罗万象，

万物有真趣

各有固定的色彩,例如花是红的,叶是绿的,泥土是灰色的,或者复杂得很,不可名状的。

但这固定的色彩,是实际的色彩,不是艺术的。艺术上的色彩,是不固定的,因了距离和环境而变化。要看出这种变化,就非用直线的眼光不可。

例如:春夏草木繁茂的山,在实际上,其色彩当然是绿的(我国人对青与绿,常常混乱不分,故诗文中称为青山),即春山的固定色是绿。但是,用直线的眼光看去,春山不一定绿。如果这山离开你有数里路,你望去看见它是带蓝的。因为中间隔着许多空气,模模糊糊,就蒙上蓝色。如果是重庆的山,隔离半里路,也就变成蓝色。因为雾很重,绿山蒙了雾,都变成蓝山。如果是傍晚,夕阳下山的时候,你眺望远远的山,看见它们都变成紫色。因为地上的蓝色的暮烟,拼合了夕阳的红光,变成紫色的雾,这紫雾蒙住了群山。又如很远的山,不管它是黄是绿,一概变成淡淡的青灰色。诗人描写女人的眉毛,就用远山来作比方。"水是眼波横,山是眉峰聚""一双愁黛远山横",此类的诗句,都要用直线的眼光眺望色彩,方才描写得出。可知用艺术的眼光看来,世间万象的色彩,都不固定,因了距离而变化。

　　人的脸孔，实际上都是近于黄、红、橙、赭的一种色彩，但是也并不固定。假如一个少女撑着一顶绿绸阳伞，站在太阳光底下，她的桃花色的双颊上，就会带着绿色或蓝色。西洋的印象派绘画，正是用直线的眼光观察色彩而描写的。所以印象派作品中的少女的面庞上，各种色彩都有。不但少女的面庞如此，其他一切物体，都没有单纯的固定的色彩，都是赤橙黄绿青蓝紫各色凑合而成的。不过其中某一种色彩占着强势，这物象就以这种色彩为主调。且这主调又完全不固定，跟了环境的影响而时时变化。雪白的粉墙，在强烈的日光的阴影内，显出翠蓝色。嫩绿的杨柳，在春日的朝阳中，显出金黄色。用艺术的眼光看来，世间万物竟没有固定的色彩。故印象派画家说："世人皆知花红叶绿，其实花有时而绿，叶有时而红。"这话实在含有艺术的真理。

　　以上所述，便是用直线的眼光来观看形状和色彩的方法。这又可称为"直观的"看法。直观是心理上的名词，在艺术上的解释，便是直线的观察的意思。反之，前述的用曲线的眼光的看法，就可称为"理智的"。理智也是心理上的名词，在艺

术上的解释,便是用智力想起物象的作用及因果关系的意思。

上述是初步的练习。最后,我们更进一步来谈艺术的眼光。

前面说过:艺术的眼光是直线的,非艺术的眼光是曲线的。故艺术的眼光对物象是"看见",非艺术的眼光对物象是"想见"。

更进一步来讨论:艺术的眼光对物象也可以"想见"。不过这"想"仍是直线的想,不是曲线的想。

什么叫做"曲线的想"与"直线的想"呢?答曰:想见物象的作用及因果关系的,叫做"曲线的想"。不管它在世间有何作用,对世间有何因果关系,而一直想起它的本身的意义的,叫做"直线的想"。

举几个浅显的例来说:例如花,是艺术上常用的好题材。其所以能成为好题材者,乃艺术家对它的看法与感想不同之故。若用非艺术的眼光看花,所见的只是果实的成因,植物的生殖器。这便离开了花的本身,转了个弯,转到花的作用或因果关系上去。艺术的想法就不然,不想起花的作用关系等,而一直从花的本身上着想,所见的才是花的本身的姿态。诗人所见便是这姿态。例如写梅花,曰:"暗香浮动月黄昏。"写桃李曰:"佳节清明桃李笑。"写荷花曰:"微有风来低翠盖,断无人处脱红衣。"不想梅子、桃子、李子以及藕和莲蓬,而专从花的本身上着想,才真是为花写照。

又如月,若用非艺术的眼光看,也只是地球的卫星,阴历月份的标准。这便离开月的本身,转到它的作用关系上去。艺术的想象就不然,专就月亮本身着想。故诗人说:"江畔何人初见月,江月何年初照人?""六朝旧时明月,清夜满秦淮。"这才是为月本身写照。这种写法,对于读者有多么伟大深刻的启示!

谈自己的画

去秋语堂先生来信,嘱我写一篇《谈漫画》。我答允他定写,然而只管不写。为什么答允写呢?因为我是老描"漫画"的人,约十年前曾经自称我的画集为"子恺漫画",在开明书店出版。近年来又不断地把"漫画"在各杂志和报纸上发表,惹起几位读者的评议。还有几位出版家,惯把"子恺漫画"四个字在广告中连写起来,把我的名字用作一种画的形容词;有时还把我夹在两个别的形容词中间,写作"色彩子恺新年漫画"(见开明书店本年一月号《中学生》广告)。这样,我和"漫画"的关系就好像很深。近年我被各杂志催稿,随便什么都谈,而独于这关系好像很深的"漫画"不谈,自己觉得没理由,而且也不愿意,所以我就答允他一定写稿。为什么又只管不写呢?因为我对于"漫画"这个名词的定义,实在没有弄清楚:说它是讽刺的画,不尽然;说它是速写画,又不尽然;说它是黑和白的画,有色彩的也未始不可称为"漫画";说它是小幅的画,小幅的不一定都是"漫画"。……原来我的画称为漫画,不是我自己做主的,十年前我初描这种画的时候,《文学周报》编辑部的朋友们说要拿我的"漫画"去在该报发表。从此我才知我的画可以称为"漫画",画集出版时我就遵用这名称,定名为"子恺漫画"。这好比我的先生(从前浙江第一师范的国文教师单不厂先生,现在已经逝世了)根据了我的单名"仁"而给我取号为"子恺",我就一直遵用到今。我的朋友们或者也是有所根据而称我的画为"漫画"的,我就信受奉行了。但究竟我的画为什么称为"漫画"?可否称为"漫画"?自己一向不曾确知。自己的画的性状还不知道,怎么能够普遍地谈论一般的漫画呢?所以我答允了写稿之后,踌躇满胸,只管不写。

最近语堂先生又来信,要我履行前约,说不妨谈我自己

的画。这好比大考时先生体恤学生抱佛脚之苦，特把题目范围缩小。现在我不可不交卷了，就带着眼病写这篇稿子。

把日常生活的感兴用"漫画"描写出来——换言之，把日常所见的可惊可喜可悲可哂之相，就用写字的毛笔草草地图写出来——听人拿去印刷了给大家看，这事在我约有了十年的历史，仿佛是一种习惯了。中国人崇尚"不求人知"，西洋人也有"What's in your heart let no one know"[①]的话。我正同他们相反，专门画给人家看，自己却从未仔细回顾已发表的自己的画。偶然在别人处看到自己的画册，或者在报纸、杂志中翻到自己的插画，也好比在路旁的商店的样子窗中的大镜子里照见自己的面影，往往一瞥就走，不愿意细看。这是什么心理？很难自知。勉强平心静气地观察自己，大概是为了太稔熟，太关切，表面上反而变疏远了的原故。中国人见了朋友或相识者都打招呼，表示互相亲爱；但见了自己的妻子，反而板起脸不搭白[②]，表示疏远的样子。我的不欢喜仔细回顾自己的画，大约也是出于这种奇妙的心理的吧。

---

① 意思是你心里想的，别让人知道。——编者注
② 搭白，指搭腔。——编者注

但现在要我写这个题目,我非仔细回顾自己的画不可了。我找集从前出版的《子恺漫画》《子恺画集》等书来从头翻阅,又把近年来在各杂志和报纸上发表的画的副稿来逐幅细看,想看出自己的画的性状来,作为本题的材料,结果大失所望。我全然没有看到关于画的事,只是因了这一次的检阅,而把自己过去十年间的生活与心情切实地回味了一遍,心中起了一种不可名状的感慨,竟把画的一事完全忘却了。

因此我终于不能谈自己的画。一定要谈,我只能在这里谈谈自己的生活和心情的一面,拿来代替谈自己的画吧。

约十年前,我家住在上海。住的地方迁了好几处,但总无非是一楼一底的"弄堂房子",至多添了一间过街楼。现在回想起来,上海这地方真是十分奇妙:看似那么忙乱的,住在那里却非常安闲,家庭这小天地可与忙乱的环境判然地隔离,而安闲地独立。我们住在乡间,邻人总是熟识的,有的比亲戚更亲切;白天门总是开着的,不断地有人进进出出;有了些事总是大家传说的,风俗习惯总是大家共通的。住在上海完全不然。邻人大都不相识,门镇日严扃着,别家死了人与你全不相

干。故住在乡间看似安闲，其实非常忙乱；反之，住在上海看似忙乱，其实非常安闲。关了前门，锁了后门，便成一个自由独立的小天地。在这里面由你选取甚样风俗习惯的生活：宁波人尽管度宁波俗的生活，广东人尽管度广东俗的生活。我们是浙江石门湾人，住在上海也只管说石门湾的土白，吃石门湾式的饭菜，度石门湾式的生活；却与石门湾相去数百里。现在回想，这真是一种奇妙的生活！

除了出门以外，在家里所见的只是这个石门湾式的小天地。有时开出后门去换掉些头发（《子恺画集》六四页），有时从过街楼上挂下一只篮去买两只粽子（《子恺漫画》七〇页），有时从阳台眺望屋瓦间浮出来的纸鸢（《子恺漫画》六三页），知道春已来到上海。但在我们这个小天地中，看不出春的来到。有时几乎天天同样，辨不出今日和昨日。有时连日没有一个客人上门，我妻每天的公事，就是傍晚时光抱了瞻瞻，携了阿宝，到弄堂门口去等我回家（《子恺漫画》六九页）。

两岁的瞻瞻坐在他母亲的臂上，口里唱着"爸爸还不来！爸爸还不来！"六岁的阿宝拉住了她娘的衣裾，在下面同他和唱。瞻瞻在马路上扰攘往来的人群中认到了带着一叠书和一包食物回家的我,突然欢呼舞蹈起来,几乎使他母亲的手臂撑不住。阿宝陪着他在下面跳舞,也几乎撕破了她母亲衣裾。他们的母亲呢,笑着喝骂他们。当这时候,我觉得自己立刻化身为二人。其一人做了他们的父亲或丈夫,体验着小别重逢时的家庭团圆之乐;另一个人呢,远远地站了出来,从旁观察这一幕悲欢离合的活剧,看到一种可喜又可悲的世间相。

他们这样地欢迎我进去的,是上述的几与世间绝缘的小天地。这里是孩子们的天下。主宰这天下的,有三个角色,除了瞻瞻和阿宝之外,还有一个是四岁的软软,仿佛罗马的三头政治。日本人有 tototenka(父天下)、kakatenka(母天下)之名,我当时曾模仿他们,戏称我们这家庭为 tsetsetenka(瞻瞻天下)。因为瞻瞻在这三人之中势力最盛,好比罗马三头政治中的领胄。我呢,名义上是他们的父亲,实际上是他们的臣仆;而我自己却以为是站在他们这政治舞台下面的观剧者。丧失了美丽的童年时代,送尽了蓬勃的青年时代,而初入黯淡的中年时代的我,在这群真率的儿童生活中梦见了自己过去的幸福,觅得了自己已失的童心。我企

慕他们的生活天真，艳羡他们的世界广大。觉得孩子们都有大丈夫气，大人比起他们来，个个都虚伪卑怯；又觉得人世间各种伟大的事业，不是那种虚伪卑怯的大人们所能致，都是具有孩子们似的大丈夫气的人所建设的。

我翻到自己的画册，便把当时的情景历历地回忆起来。例如：他们跟了母亲到故乡的亲戚家去看结婚，回到上海的家里时也就结起婚来。他们派瞻瞻做新官人。亲戚家的新官人曾经来向我借一顶铜盆帽。（注：当时我乡结婚的男子，必须戴一顶铜盆帽，穿长衫马褂，好像是代替清朝时代的红缨帽子、外套的。我在上海日常戴用的呢帽，常常被故乡的乡亲借去当作结婚的大礼帽用。）瞻瞻这两岁的小新官人也借我的铜盆帽去戴上了。他们派软软做新娘子。亲戚家的新娘子用红帕子把头蒙住，他们也拿母亲的红包袱把软软的头蒙住了。一个戴着铜盆帽好像苍蝇戴豆壳，一个蒙住红包袱好像猢狲扮把戏，但两人都认真得很，面孔板板的，跨步缓缓的，活像那亲戚家的结婚式中的人物。宝姐姐说"我做媒人"，拉住了这一对小夫妇而教他们参天拜地，拜好了又送他们到用凳子搭成的洞房里（见《子恺画集》第三七页）。

PART1 生活可以是艺术的

我家没有一个好凳,不是断了脚的,就是擦了漆的。它们当凳子给我们坐的时候少,当游戏工具给孩子们用的时候多。在孩子们,这种工具的用处真真广大:请酒时可以当桌子用,搭棚棚时可以当墙壁用,做客人时可以当船用,开火车时可以当车站用。他们的身体比凳子高得有限,看他们搬来搬去非常吃力。有时汗流满面,有时被压在凳子底下。但他们好像为生活而拼命奋斗的劳动者,决不辞劳。汗流满面时可用一双泥污的小手来揩摸,被压在凳子底下时只要哭脱几声,就带着眼泪去工作。他们真可说是"快活的劳动者"(《子恺画集》三四页)。哭的一事,在孩子们有特殊的效用。大人们惯说"哭有什么用?"原是为了他们的世界狭窄的原故。在孩子们的广大世界里,哭真有意想不到的效力。譬如跌痛了,只要尽情一哭,比服凡拉蒙灵得多,能把痛完全忘却,依旧遨游于游戏的世界中。又如泥人跌破了,也只要放声一哭,就可把泥人完全忘却,而热衷于别的玩具(《子恺画集》一六页)。又如花生米吃得不够,也只要号哭一下,便好像已经吃饱,可以起劲地去干别的工作了(《子恺漫画》六六页)。总之,

他们干无论什么事都认真而专心,把身心全部的力量拿出来干。哭的时候用全力去哭,笑的时候用全力去笑,一切游戏都用全力去干。干一件事的时候,把除这以外的一切别的事统统忘却。一旦拿了笔写字,便把注意力全部集中在纸上(《子恺漫画》六八页)。纸放在桌上的水痕里也不管,衣袖带翻了墨水瓶也不管,衣裳角拖在火钵里燃烧了也不管。一旦知道同伴们有了有趣的游戏,冬晨睡在床里的会立刻从被窝钻出,穿了寝衣来参加;正在换衣服的会赤了膊来参加(《子恺漫画》九〇页);正在洗浴的也会立刻离开浴盆,用湿淋淋的赤身去参加。被参加的团体中的人们对于这浪漫的参加者也恬不为怪,因为他们大家把全精神沉浸在游戏的兴味中,大家入了"忘我"的三昧境,更无余暇顾到实际生活上的事及世间的习惯了。

成人的世界,因为受实际的生活和世间的习惯的限制,所以非常狭小苦闷。孩子们的世界不受这种限制,因此非常广大自由。年纪愈小,其所见的世界愈大。我家的三头政治团中瞻瞻势力最大,便是为了他年纪最小,所处的世界最广大自由的原故。他见了天上的月亮,会认真地要求父母给他捉下来(《儿童漫画》);见了已死的小鸟,会认真地喊它活转来(《子恺画集》二八页);两把芭蕉扇可以认真地变成他的脚踏车(《子恺画集》一七页);一只藤椅子(在漫画中是一辆藤童车)可以认真地变成他的黄包车(《子恺画集》一八页);戴了铜盆帽会立刻认真地变成新官人;穿了爸爸的衣服会立刻认真地变成爸爸(《子恺漫画》九五页)。照他的热诚的欲望,屋里所有的东西应该都放在地上,任他玩弄;所有的小贩应该一天到晚集中在我家的门口,由他随时去买来吃弄;房子的屋顶应该统统除去,可以使他在家里随时望见月亮、鹞子和飞机;眠床里应该有泥土,种花草,养着蝴蝶与青蛙,可以让他一醒觉就在野外游戏(《子恺画集》二〇页)。看他那热诚的态度,以为这种要求绝非梦想或奢望,应该是人力所能办到的。他以为人的一切欲望应该都是可能的。所以不能达到目的的时候,便那样愤慨地号哭。拿破仑的字典里没有"难"字,我家当时的瞻瞻的词典里一定没有"不可能"之一词。

我企慕这种孩子们的生活的天真,艳羡这种孩子们的世

界的广大。或者有人笑我故意向未练的孩子们的空想界中找求荒唐的乌托邦，以为逃避现实之所；但我也可笑他们的屈服于现实，忘却人类的本性。我想，假如人类没有这种孩子们的空想的欲望，世间一定不会有建筑、交通、医药、机械等种种抵抗自然的建设，恐怕人类到今日还在茹毛饮血呢。所以我当时的心，被儿童所占据了。我时时在儿童生活中获得感兴。玩味这种感兴，描写这种感兴，成了当时我的生活的习惯。

欢喜读与人生根本问题有关的书，欢喜谈与人生根本问题有关的话，可说是我的一种习性。我从小不欢喜科学而欢喜文艺。为的是我所见的科学书，所谈的大都是科学的枝末问题，离人生根本很远；而我所见的文艺书，即使最普通的《唐诗三百首》《白香词谱》等，也处处含有接触人生根本而耐人回味的字句。例如我读了"想得故园今夜月，几人相忆在江楼"，便会设身处地地做了思念故园的人，或江楼相忆者之一人，而无端地兴起离愁。又如读了"流光容易把人抛，红了樱桃，绿了芭蕉"，便会想起过去的许多的春花秋月，而无端地兴起惆怅。我看见世间的大人都为生活的琐屑

PART1 生活可以是艺术的

事件所迷着，都忘记人生的根本；只有孩子们保住天真，独具慧眼，其言行多足供我欣赏者。八指头陀诗云："吾爱童子身，莲花不染尘。骂之唯解笑，打亦不生嗔。对境心常定，逢人语自新。可慨年既长，物欲蔽天真。"我当时曾把这首诗用小刀刻在香烟嘴的边上。

这只香烟嘴一直跟随我，直到四五年前，有一天不见了。以后我不再刻这诗在什么地方。四五年来，我的家里同国里一样的多难：母亲病了很久，后来死了；自己也病了很久，后来没有死。这四五年间，我心中不觉得有什么东西占据着，在我的精神生活上好比一册书里的几页空白。现在，空白页已经翻厌，似乎想翻出些下文来才好。我仔细向自己的心头探索，觉得只有许多乱杂的东西忽隐忽现，却并没有一物强固地占据着。我想把这几页空白当作被开的几个大"天窗"，使下文仍旧继续前文，然而很难能。因为昔日的我家的儿童，已在这数年间不知不觉地变成了少年少女，行将变为大人。他们已不能像昔日占据我的心了。我原非一定要拿自己的子女来作为儿童生活赞美的对象，但是他们由天真烂漫的儿童渐渐变成拘谨驯服的少年少女，在我眼前实证地显示了人生黄金时代的幻灭，

我也无心再来赞美那昙花似的儿童世界了。

古人诗云:"去日儿童皆长大,昔年亲友半凋零。"这两句确切地写出了中年人的心境的虚空与寂寥。前天我翻阅自己的画册时,陈宝(就是阿宝,就是做媒人的宝姐姐)、宁馨(就是做新娘子的软软)、华瞻(就是做新官人的瞻瞻)都从学校放寒假回家,站在我身边同看。看到"瞻瞻新官人,软软新娘子,宝姐姐做媒人"的一幅,大家不自然起来。宁馨和华瞻脸上现出忸怩的笑,宝姐姐也表示决不肯再做媒人了。他们好比已经换了另一班人,不复是昔日的阿宝、软软和瞻瞻了。昔日我在上海的小家庭中所观察欣赏而描写的那群天真烂漫的孩子,现在早已不在人间了!他们现在都已疏远家庭,做了学校的学生。他们的生活都受着校规的约束,社会制度的限制和世智的拘束;他们的世界不复像昔日那样广大自由;他们早已不做房子没有屋顶和眠床里种花草的梦了。他们已不复是"快活的劳动者",正在为分数而劳动,为名誉而劳动,为知识而劳动,为生活而劳动了。

我的心早已失了占据者。我带了这虚空而寂寥的心,彷徨在十字街头,观看他们所转入的社会,我想象这里面的人,

PART1　生活可以是艺术的

个个是从那天真烂漫、广大自由的儿童世界里转出来的。但这里没有"花生米不满足"的人,却有许多面包不满足的人。这里没有"快活的劳动者",只见锁着眉头的引车者,无食无衣的耕织者,挑着重担的颁白者,挂着白须的行乞者。这里面没有像孩子世界里所闻的号啕的哭声,只有细弱的呻吟,吞声的呜咽,幽默的冷笑和愤慨的沉默。这里面没有像孩子世界中所见的不屈不挠的大丈夫气,却充满了顺从、屈服、消沉、悲哀,和诈伪、险恶、卑怯的状态。我看到这种状态,又同昔日带了一叠书和一包食物回家,而在弄堂门口看见我妻提携了瞻瞻和阿宝等候着那时一样,自己立刻化身为二人。其一人做了这社会里的一分子,体验着现实生活的辛味;另一人远远地站出来,从旁观察这些状态,看到了可惊可喜可悲可哂的种种世间相。然而这情形和昔日不同:昔日的儿童生活相能"占据"我的心,能使我归顺它们;现在的世间相却只是常来"袭击"我这空虚寂寥的心,而不能占据,不能使我归顺。因此我的生活的册子中,至今还是继续着空白的页,不知道下文是什么。也许空白到底,亦未可知啊。

　　为了代替谈自己的画,我已把自己十年来的生活和心情的一面在这里谈过了。但这文章的题目不妨写作"谈自己的画"。因为:一则我的画与我的生活相关联,要谈画必须谈生活,谈生活就是谈画。二则我的画既不摹拟什么八大山人、七大山人的笔法,也不根据什么立体派、平面派的理论,只是像记账般地用写字的笔来记录平日的感兴而已。因此关于画的本身,没有什么话可谈,要谈也只能谈谈作画时的因缘罢了。

PART2 发现生活之美

看展览会用的眼镜[1]

——告一般入场者

我们幼时在旷野中游戏,经验过一种很有趣的玩意儿:爬到土山顶上,分开两脚,弯下身子,把头倒挂在两股之间,倒望背后的风景。看厌了的田野树屋,忽然气象一新,变成一片从来不曾见过的新颖而美丽的仙乡的风景!远处的小桥茅舍,都玲珑得像山水画中的景物;归家的路,蜿蜒地躺在草原之上,似乎是通桃源的仙径。年纪大了以后,僵硬起来,又拖了长袍,身子不便再作这种玩意儿,久不亲近这仙乡的风味了。

---

[1] 本篇曾载1926年《一般》杂志第1卷12月号。——编者注

然而我遇到风景的时候，也有时用手指打个圈子，从圈子的范围内眺望前面的风景。虽然不及幼时所见的那仙乡的美丽，似乎比平常所见也新颖一点。为什么从裤间倒望的风景，和从手指的范围内窥见的风景，比平时所见的新颖而美丽呢？现在回想起来，方知这里面有一种奇妙的作用。其关键就在于裤间的"倒望"和手指的"范围"。因为经过这两种"变形"，打断了景物对我们的向来的一切"关系"（例如这是吾乡的某某桥，这是通林家的路），而使景物在我们眼前变成了一片素不相知的全新的光景。因此我们能撇开一切传统实际的念头，而当作一种幻象观看，自然能发见其新颖与美丽了。这"变形"的力真伟大！它能使陈腐枯燥的现世超升为新奇幻妙的仙境，能使这现实的世界化为美的世界。

现在我可以不必借助于这种"变形"的力。我已办到了一副眼镜。戴了这眼镜就可看见美的世界。但这副眼镜不是精益、精华等眼镜公司所发卖的，乃从自己的心中制出。牌子名叫"绝缘"。

戴上这副"绝缘"的眼镜，望出来所见的森罗万象，个个是不相关系的独立的存在物。一切事物都变成了没有实用的、专为其自己而存在的有生命的现象。屋不是供人住的，车不是供交通的，花不是果实的原因，果实不是人的食品，都是专为观赏而设的。眼前一片玩具的世界！

然而我在料理日常生活的时候，不戴这副眼镜。那时候我必须审察事物的性质，顾虑周围的变化，分别人我的界限，计较前后的利害，谨慎小心地把全心放在关系因果中活动。譬如要乘火车：看表，兑钱，买票，做行李，上车，这等时候不可以戴那副眼镜。一到坐在车中的窗旁，一切都舒齐①了，然后拿出我那副"绝缘"的眼镜来，戴上了眺望车窗外风景。……在马路上更不容易戴这副眼镜。要戴也只能极暂时的一照，否则会被汽车撞倒。如果散步在乡村的田野中，或立在深夜的月下，那就可以尽量地使用这眼镜。进了展览会场中，更非戴这副眼镜不可了。

这眼镜不必用钱购买，人人可以在自己的心头制造。展览会的入场诸君，倘有需要，大可试用一下看。我们在日常的实际生活中，饱尝了世智尘劳的辛苦。我们的心天天被羁绊在以"关系"为经"利害"为纬而织成的"智网"中，一刻也不

---

① 舒齐，作者的家乡话，即拾掇好、安定的意思。——编者注

得解放。万象都被结住在这网中。我们要把握一件事物，就牵动许多别的事物，终于使我们不能明白认识事物的真相。譬如看见一块洋钱，容易立刻想起这洋钱是银币，可以买物，可以兑十二个角子，是谁所有的，对我有何关系等种种别的事件，而不容易认知这银板浮雕（洋钱）的本身的真相。因此我们的心常常牵系在这千孔百结的网中，而不能"安住"在一种现象上。世智尘劳的辛苦，都是这网所织成的。

习惯了这种世智的辛苦之后，人的头脑完全受了理智化。在无论何时，对于无论何物，都用这种眼光看待。于是永远不能窥见事物的真相，永远不识心的"安住"的乐处了。山明水秀，在他只见跋涉的辛劳；夜静人闲，在他只虑盗贼的钻墙。人生只有苦患。森林在他只见木材，瀑布在他只见水力电气的利用，世界只是一大材料工场。——甚至走进美术展览会中，也用这种眼光来看绘画。一幅画在他的眼中只见"某画家的作品""定价若干""油画""画的是何物"……各种与画的本身全无关系的事件。有时他赞美一幅画，为的是这幅画出于大名家的手迹，或所画的是名人的肖像、荣华富贵的象征（凤凰牡丹等）、颜貌类似其恋人的美女。……有时他非难一幅画，为的是这幅画中的事物画得不像,看不清楚,或所画的是褴褛的乞丐,伤风败俗的裸女……他只看了展览会的背部,没有看见展览会的正面;只看了画的附属物,没有看见画的本身。

假如有这样的入场者,我奉劝他试用我前面所说的那副"绝缘"的眼镜。

陋巷

杭州的小街道都称为巷。这名称是我们故乡所没有的。我幼时初到杭州,对于这巷字颇注意。我以前在书上读到颜子"居陋巷,一箪食,一瓢饮"的时候,常疑所谓"陋巷",不知是甚样的去处。想来大约是一条坍圮、龌龊而狭小的弄,为灵气所钟而居了颜子的。我们故乡尽不乏坍圮、龌龊、狭小的弄,但都不能使我想象做陋巷。及到了杭州,看见了巷的名称,才在想象中确定颜子所居的地方,大约是这种巷里。每逢走过这种巷,我常怀疑那颓垣破壁的里面,也许隐居着今世的颜子。就中有一条巷,是我所认为陋巷的代表的。只要说起陋巷两字,我脑中会立刻浮出这巷的光景来。其实我只到过这陋

巷里三次,不过这三次的印象都很清楚,现在都写得出来。

第一次我到这陋巷里,是将近二十年前的事。那时我只十七八岁,正在杭州的师范学校里读书。我的艺术科教师L先生(李叔同先生)似乎嫌艺术的力道薄弱,过不来他的精神生活的瘾,把图画音乐的书籍用具送给我们,自己到山里去断了十七天食,回来又研究佛法,预备出家了。在出家前的某日,他带了我到这陋巷里去访问M先生(马一浮先生)。我跟着L先生走进这陋巷中的一间老屋,就看见一位身材矮胖而满面须髯的中年男子从里面走出来迎接我们。我被介绍,向这位先生一鞠躬,就坐在一只椅子上听他们的谈话。我其实全然听不懂他们的话,只是断片地听到什么"楞严""圆觉"等名词,又有一个英语"philosophy"出现在他们的谈话中。这英语是我当时新近记诵的,听到时怪有兴味。可是话的全体的意义我都不解。这一半是因为L先生打着天津白,M先生则叫工人倒茶的时候说纯粹的绍兴土白,面对我们谈话时也作北腔的方言,在我都不能完全通用。当时我想,你若肯把我当作倒茶的工人,我也许还能听得懂些。但这话不好对他说,我只得假装静听的样子坐着,其实我在那里偷看这位初见的M先生的状貌。他的头圆而大，脑部特别丰隆，假如身体不是这样矮胖，一定负载不起。他的眼不像 L 先生的眼纤细，圆大而炯炯发光，上眼帘弯成一条坚致有力的弧线，切着下面的深黑的瞳子。他的须髯从左耳根缘着脸孔一直挂到右耳根，颜色与眼瞳一样深黑。我当时正热衷于木炭画，我觉得他的肖像宜用木炭描写，但那坚致有力的眼线，是我的木炭所描不出的。我正在这样观察的时候，他的谈话中突然发出哈哈的笑声。我惊奇他的笑声响亮而愉快，同他的话声全然不接，好像是两个人的声音。他一面笑，一面用炯炯发光的眼黑顾视到我。我正在对他作绘画的及音乐的观察，全然没有知道可笑的理由，但因假装着静听的样子，不能漠然不动；又不好意思问他"你有什么好笑"而请他重说一遍，只得再假装领会的样子，强颜作笑。他们当然不会考问我领会到如何程度，但我自己问心，很是惭愧。我惭愧我的装腔作笑，又痛恨自己何以听不懂他们的话。他们的话愈谈愈长，M 先生的笑声愈多愈响，同时我的愧恨也愈积愈深。从进来到辞去，一向做个怀着愧恨的傀儡，冤枉地被带到这陋巷中的老屋里来摆了几个钟头。第二次我到这陋巷，在于前年，是做傀儡之后十六年的事了。这十六七年之间，我东奔西走地糊口于

四方,多了妻室和一群子女,少了一个母亲;M先生则十余年如一日,长是孑然一身地隐居在这陋巷的老屋里。

我第二次见他,是前年的清明日,我是代L先生送两块印石而去的。我看见陋巷照旧是我所想象的颜子的居处,那老屋也照旧古色苍然。M先生的音容和十余年前一样,坚致有力的眼帘,炯炯发光的黑瞳和响亮而愉快的谈笑声。但是听这谈笑声的我,与前大异了。我对于他的话,方言不成问题,意思也完全懂得了。像上次做傀儡的苦痛,这会已经没有,可是另感到一种更深的苦痛:我那时初失母亲——从我孩提时兼了父职抚育我到成人,而我未曾有涓埃的报答的母亲——痛恨之极,心中充满了对于无常的悲愤和疑惑。自己没有解除这悲和疑的能力,便堕入了颓唐的状态。我只想跟着孩子们到山巅水滨去picnic(野餐),以暂时忘却我的苦痛,而独怕听接触人生根本问题的话。我是明知故犯地堕落了。但我的堕落在我所处的社会环境中颇能隐藏。因为我每天还为了糊口而读几页书,写几小时的稿,长年除荤戒酒,不看戏,又不赌博,所有的嗜好只是每天吸半听美丽牌香烟,吃些糖果,买些玩具同孩子们弄弄。在我所处的社会环境中的人看来,这样的人非但不堕落,着实是有淘剩的。但M先生的严肃的人生，显明地衬出了我的堕落。他和我谈起我所作而他所序的《护生画集》，勉励我；知道我抱着风木之悲，又为我解说无常，劝慰我。其实我不须听他的话，只要望见他的颜色，已觉羞愧得无地自容了。我心中似有一团"剪不断，理还乱"的丝，因为解不清楚，用纸包好了藏着。M先生的态度和说话，着力地在那里发开我这纸包来。我在他面前渐感局促不安，坐了约一小时就告辞。当他送我出门的时候，我感到与十余年前在这里做了几小时傀儡而解放出来时同样愉快的心情。我走出那陋巷，看见街角上停着一辆黄包车，便不问价钱，跨了上去。仰看天色晴明，决定先到采芝斋买些糖果，带了到六和塔去度送这清明日。但当我晚上拖了疲倦的肢体而回到旅馆的时候，想起上午所访问的主人，热烈地感到畏敬的亲爱。我准拟明天再去访他，把心中的纸包打开来给他看。但到了明朝，我的心又全被西湖的春色所占据了。

　　第三次我到这陋巷，是最近一星期前的事。这回是我自动去访问的。M先生照旧孑然一身地隐居在那陋巷的老屋里，两眼照旧描着坚致有力的线而炯炯发光，谈笑声照旧愉快。只是使我惊奇的，他的深黑的须髯已变成银灰色，渐近白色

了。我心中浮出"白发不能容宰相,也同闲客满头生"之句,同时又悔不早些常来亲近他,而自恨三年来的生活的堕落。现在我的母亲已死了三年多了,我的心似已屈服于"无常",不复如前之悲愤,同时我的生活也就从颓唐中爬起来,想对"无常"作长期的抵抗了。我在古人诗词中读到"笙歌归院落,灯火下楼台""六朝旧时明月,清夜满秦淮""白头宫女在,闲坐说玄宗"等咏叹无常的文句,不肯放过,给它们翻译为画。以前曾寄两幅给M先生,近来想多集些文句来描画,预备作一册《无常画集》。我就把这点意思告诉他,并请他指教。他欣然地指示我许多可找这种题材的佛经和诗文集,又背诵了许多佳句给我听。最后他翻然地说道:"无常就是常。无常容易画,常不容易画。"我好久没有听见这样的话了,怪不得生活异常苦闷。他这话把我从无常的火宅中救出,使我感到无限的清凉。当时我想,我画了《无常画集》之后,要再画一册《常画集》。《常画集》不须请他作序,因为自始至终每页都是空白的。这一天我走出那陋巷,已是傍晚时候。岁暮的景象和雨雪充塞了道路。我独自在路上彷徨,回想前年不问价钱跨上黄包车那一回,又回想二十年前作了几小时傀儡而解放出来那一回,似觉身在梦中。

工艺实用品与美感[1]

我在永安公司楼上看见过一种象牙雕的裸体女子，大概雕的人不是像外国雕刻家习过人体木炭写生，研究过艺用解剖学的，故雕得很难看：只是把乳房，腹部，臀部作得肥胖胖，姿势的权衡，身体各部的尺寸，筋肉凹凸的表现，全然乖误，狞恶而没有人相，看了不但要"作三日呕"，而且怕得很。

我在无锡——以产泥人形著名的无锡——看见过泥做的叫化子，鸦片鬼，做得非常逼真。蓬蓬的发，青面獠牙的脸，伛偻的腰，使人见了毛骨悚然，不敢逼近去看。

[1] 本篇曾载1926年《一般》杂志第1卷12月号。——编者注

我在上海城隍庙看见过嵌出 ABCD 等外国字母的景泰窑的瓶、匣。字母是没有意义的,而且有几个左右反转像镜子里所见的,不知是 B 或 K,已经记不清楚,但我可决定它不是俄文,俄文中有几个字母是英文字母反转的。看了觉得很好的景泰窑的质料,为什么要这样无聊地像乡下姑娘绣鞋地、抄美孚牌煤油箱上的字母来作装饰?真是可惜得很!

我又在上海的大银楼里看见过银制的黄包车,轿子,船,洋房,纤细得很,周到得很。工夫一定很费,卖给惊叹其细巧而贪爱其为银的太太们,也一定很值钱。所惜不过是一味的徒然的纤巧,大体全然不玲珑,人物尤其无神气。

看到这等东西,常常使我不快:想象假如有一个店主拉住我,硬要送我一件,我一定不受。

考察上述四种东西的制造者、购买者的心理,可知象牙裸女是模仿西洋的皮毛,或是取其色情的,叫化子与鸦片鬼由于丑恶的、残忍的好奇心,洋字的瓶与匣是幼稚的恶俗的趣味,银黄包车出于盲目的弄富的心理。在我们所日常接触的工艺品、实用品中,这类的东西还有不少,又大概是出于这一类

的心理的。这种心理,明明是全然与"美感"无关系的。所以我想,看了觉得不快的,一定不止我一人。

所以我们张开眼来,周围的物品难得有一件能给我们的眼以快感,给我们的精神以慰乐。因为它们都没有"趣味",没有"美感";它们的效用,至多是适于"实用",与我们的精神不发生交涉。

人类自从发见了"美"的一种东西以来,就对于事物要求适于"实用",同时又必要求有"趣味"了。讲究实质以外,又要讲究形式。所以用面包与肉来果腹,同时又要它们包成圆形而有花样的馒头;用棉来蔽体,同时又要制成有格式的衣服,要场所来栖宿,同时又要造成有式样的房屋。

所以在美欲发达的社会里,装潢术,图案术,广告术等,必同其他关于实用的方面的工技一样注重。在人们的心理上,"趣味"也必成了一种必要不可缺的要求。从饮食上,也可证明这是事实:据实验过的人说,方糖比白糖不甜,在糖中,要算焦黄而夹杂草叶的次白糖最甜。但我们看见方糖先自整整地陈列在盆子内,自己用瓢舀起来,放下去,看它像白衣人跳在黑海里地没入咖啡中,自己调匀来吃,滋味比放次白糖一定好得多。其实欠用的"甜"原来一样,也许不及一点,但感觉此的趣味是好得多了。丁香萝卜[①] 其实并不好吃,但切成片子,橙黄而圆圆地浮在第一盆菜的 soup(汤)中,滋味自然好起来。巧格力用了五色而有光的锡包纸,滋味也好一点。苹果的滋味,是暗中借重于其深红嫩绿的外皮的。荔枝的滋味,也是暗中借重于其玉洁冰清的肉色的。

优良的工艺品、实用品,也是于实用以外伴着趣味,即伴着美感的。而那四种物品,给我的印象只是下劣而散漫无理。记得五六年前我刚从日本回来的时候,常常欢喜跑到虹口的日本店里去买日本的"敷岛"香烟,五德糊,甚至鸡毛帚不要用,而用日本的"尘拂",筷子不要用而用日本的消毒割箸[②],礼拜日还常常去吃"天麸罗荞麦",房间里又设日本人用的火钵。为的是:日本的一切东西普遍地具有一种风味,在其装潢形式之中暗示着一种精神。这风味与精神虽然原是日本风味与日本精神,无论是小气,是浮薄,总有一个系统,可以安顿我的精神。回顾向来用惯的我国的物品,

---

[①] 丁香萝卜,作者家乡话,即胡萝卜。——编者注
[②] 消毒割箸,即现今的一次性木筷。——编者注

有一部分是西洋的产物，一部分是东洋的产物，又有一部分是外国人迎合中国人心理而为中国人特制的，又有一部分是中国人模仿外国的皮毛而自制的，还有一部分是中国旧有而沿用至今的东西，混合而成。混合并非一定不好。混合中也许可以寻出多方的趣味。可惜我们的只是"混乱"，是迎合，模仿，卑劣，和守旧的混乱的状态，象征着愚昧，顽固等种种心理。

其实我们的工艺实用品，有许多是很可惜的。大好的材料，为了形状与式样而损失其价值。原来物品的得用与否，不仅是质（材料）的问题，而更是形（做法）的问题。我看见有一种瓷器时，常常感到：只要作者于未入窑时在某一部分一捺，或增减一点，就立刻变成良好的物品了。这是全不费工本的一回事。又常常感到：如果作者能省去某一部分的细工或绘图，也就立刻好看了。这更是所谓"出力不讨好"的事。景泰窑，江西瓷，象牙，白铜，是何等好的材料！只要改良其形状，色彩，图案等制造方法，工艺实用品就进步了。这正如做菜一样：高明的厨司与低劣的厨司，所用的材料同是鱼，肉，盐，油等，同样用锅，同样用火，只是分量的分配，

下锅的久暂等做法不同而已。

优良的工艺品,是"实用"与"趣味"两种条件都满足的。例如外国的牛奶壶,口上长出一个荷花边形的缺口,倒起来很利便,柄的弯度适合手指的位置,拿起来又自然;长身细腰的形又好看,真是进步的工艺品。又如外国的剪刀,插指的两洞孔高低不齐,适合大指与食指及中指的位置,而每个洞孔内,又依手指的方向而作角度不同的剖面,手指套在洞孔内感到舒服。一方面参差的形,变化的线与面,又非常好看,这也可说是优良的实用品的实例。还有一种纸盒子或烟匣子,长方形而扁薄,弯成瓦形。弯弯的曲线既很好看,打开来的形象更加美观,放在衣袋中又适合身体的弯度,贴切而爽快,也是好的工艺品。因为形式的美观,实用的便利,在这种用品上两全了。偏于实用的,固然粗俗,偏于趣味的,有时也有空虚无实的感觉。例如法国产的酒瓶,形状颜色的优美,自然使人满足,然而一则过于求形状的秀长,瓶底太小,颇不稳当,二则瓶的容量究竟太小,实用上总觉得不便。这也许因为我的酒量比这壶的容量大的原故。在巴黎的美人,或高贵的人,没有感到这一点,也未可知。我们这里人家爱用全无装饰的冬瓜似的红泥瓶，用以盛酱油或酒，取其容量大而价钱巧。这两种酒瓶，可说是趣味与实用的两极端。

优良的工艺品，不但要讲究形式，又要讲究材料。同材料的物品，固然可因形状色彩的形式的美丑而分高下，所以说改良工艺品不是材料的问题，是制造方法的问题。但仅就材料而论，材料对于实用与趣味也很有关系。景泰窑，象牙，金，银，原是贵重的材料。但并非无论何物用这等为材料就好。景泰窑宜做瓶，象牙，金，银宜做装饰品。景泰窑的碗（上海城隍庙所见），象牙的筷，银的痰盂（上海各银楼所见），材料不适当而又无理。材料决不是只要贵重就好的。镍制的瓢，木制的日本筷，洋瓷①制的面盆，材料虽平常，然因适当，故用时有快适之感。流行的贵重品大理石桌面，总有不自然的感觉。木制物倘只知加漆为贵重，为讲究，有时反要损失材料的趣味。例如栗木，本色是很好看的，加漆反而俗气。本色的铅笔杆，我常常觉得色泽既沉静质朴，拿起来的感觉又快适，远胜于加漆的杆。于是我想起了对于日常接触的几

---

① 洋瓷，指搪瓷。——编者注

种实用品的印象,现在把对此所发生的种种感想与意见一并写出在下面。

近来社会上流行的实用品中,往往用一种投机的名目。例如"国耻""五卅""中山"等字,既普遍地被用作商店学校的名称,又普遍地被用作各种实用品上的装饰。有国耻牌香烟,有五卅牌毛巾。又有中山牌表,中山牌香烟,中山布,中山鞋。在实用品的装饰中寓一种劝励的意义,或纪念的意义,本来是可以的。但过于生硬而不自然,就徒然引起人的恶感。商人过于热心于商品的销行,越明显越好,越大越好地在物品上制上"五月九日国耻纪念""毋忘国耻"的隶书的大字,或印上孙中山先生的照相。例如有一种毛巾,下端印着洋钱大的"凡我同胞,毋忘五九"八个大红字,明了是明了的,到底很不雅观。无论它质地何等坚牢精致,我实在为了这装饰的不美观而不愿购用。我在小市镇的江湾的洋货店里,发见一条下端有一条很细的红线的毛巾,质料并不良好,但我为了这一条细红线的趣致而购用了。觉得比前者好看得多。

拿一个很大而圆形的中山先生的照相镶在表中商标的

地位，也似乎有同样不自然的感觉。洋钱上原也有很大的袁世凯肖像，但那是浮雕，占有洋钱的全面，作为洋钱的全部的装饰，而且那洋钱是袁大总统治世的货币，自然意义与形式都相宜。表，在意义上与孙中山先生并无关系，就是要在天天出入怀中的表上告示人以纪念伟人，这样率然地在十点钟的罗马字上镶一个平常的铜板照相，明白是明白了，形式到底不必观。用无色的浮雕，或用在背面，岂不更适当一点呢？我在市中看见了中山表那一天，回家后想起钟表的时辰盘何不改为种种的图案呢？就拿油画笔把壁上的挂钟的时辰盘上的罗马字用油画颜料涂杀，画作一枝杨柳树，又在两个针头上黏附黑纸剪成的两只燕子，由燕子飞的方向的角度辨识时间。油画颜料一干是拿不脱的，现在我还在用这奇怪的钟。

　　香烟匣的图案，种类很多，倒是很丰富的一个话题。香烟匣图案中，好看的很多，难看的也很多，但不知什么关系，红屋牌香烟最讨我的嫌恶。红屋牌香烟英名为 Old Mill，照字面上讲起来是"老的磨车"的意思，匣面上也画着一个水转的磨车。但不知为什么中国译作"红屋"。

就匣面看，是一幅写生画式的彩色的风景画，中景是一所屋，屋上略有几点红色，旁边一架水车，近景是河，草地，树木，远景是丛林及夕阳时候似的红光的天空。天空中就是"Old Mill"的双线的大红字。所以译作"红屋"，想来是为了屋上有几点红的关系吧。这名称既然奇怪，而用写生画式的风景画作为匣面装饰，更是幼稚的、拙劣的办法。况且这幅风景，画得又最恶俗，碧蓝的水，青葱的草地与树叶，并行线式的天空的红云，鸦嘴笔画的建筑物上的直线，画趣全然幼稚而恶俗。我疑是美国人迎合中国人的下劣的嗜好而作的。又红屋的匣边上，用红黄黑三种颜色，非常不调和，也是使人起不快之感的。原来实用品上的装饰，就是要用风景，也须改作图案风的画法，方才有"装饰"的趣味，把原样的一幅写生风景缩印在上面，而且占着匣面全部，无论如何不会好看的。与红屋牌同样办法的，还有前门牌，长城牌，天桥牌[Capital（首都），这译法我也不懂]等。其中前门牌很好看，比较起来差得远了。因为所画的前门，是有一点图案风的，不是全然的写生风，又围在圆形的额内，后面衬着鼠色柔静的背景。长城牌呢，画法虽也是写生风的，但外面有阔的边，不像红屋的只用一条细的黑线，又内部下方全是山，上方全是天，风景本身已带一点图案的风味，所以比红屋好看一点。至于天桥牌，恶俗同红屋一样，唯不像红屋的散漫乱杂，又不像红屋的占有全面，而用圆额，就是这点较胜。匣旁边的回文角，背面的金八结[①]商标衬着红地，倒有一种中国风的华丽浓厚的趣味。现在流行着的香烟，我虽然没有统计，想来总不下数十种。因为我吸的是中下等的香烟，故对于阔客吸的最上等的及黄包车夫吸的最下等的未曾注意到，只就自己的阶级里的说说。前天我在烟店里一选，发见还有许多比红屋更不好看的香烟，其中的代表者"五蝶牌"，这图案的特色，是所用的色，计有蓝，黑，赭，墨绿，白，黄，橙，紫，粉红，深蓝九种之多。一种原始的散漫的华丽，颇足以引惹欢喜穿大红大绿的未开化人的兴味。

在这阶级里我所觉得好的香烟，是仙女牌与联珠牌。仙女牌英名为 Victory（胜利），名字虽然也译得奇怪，但不问英字意义，假定图中的女子为仙女，似比红屋、天桥近理一点。

[①] 八结是一种图案纹。有一种扮披得上灰尘的藤拍就是八结纹的。——编者注

匣的周围用褐色的阔边，坐着的女子取 Michelangelo（米开朗基罗）作的建筑雕刻式的位置。右手持武器似的杆，左手持红黄蓝白黑的盾，又像希腊古代雕刻的雅典女神的姿势。后面用淡红的太阳及日光为背景，全体总算端整稳定，形式上，色彩少有可非难的点。联珠牌用的是金，紫，碧，白四色，也觉得优雅秀丽。方格中装一个椭圆形，以联珠作边，线的配置也不坏。我已经有五六年欢喜吸这两种香烟了。总觉不愿意吸别的。因为同阶级中的别的香烟，烟丝也许有比这等更好的，但竟找不出比这两者更好看的图案来。好看的烟匣从衣袋摸出来时，且不说烟味，其样子已经给我们的眼以一种慰安了。幸而仙女及联珠的烟丝也不坏，朋友中同意于我的意见而吸这两种的人也很多。

因为谈香烟，附带地想起了火柴。火柴的匣面图案，也有各式各样，我没有仔细留意，一时不能详说。只记得看见过一种新出的叫做"桑女牌"的，恶劣得很。中国出的火柴，几乎没有一种好的匣面图案。比来比去，还是老式的"燮昌"牌红头火柴，匣上是一色画的姜太公钓鱼图，耐看一点，因为它总算是纯粹的中国画式的，没有那种不中不西的恶味。

关于茶杯,有形式与图案两方面的批评。日本式的,形状简单,图案质朴,也自有一种日本风味。西洋式的,形状与图案均简单,也自有一种西洋风。而中国旧式的,形状玲珑复杂,图案华丽而工细,也自有一种中国风。只是有些中国制新式的,或日本替中国制的,或取复杂的曲线形,鲜艳而幼稚的图案,或绘细致的风景。这种茶杯现在很流行,价钱也很便宜。其实趣味反不及质料粗陋的所谓"江北碗"好。有一种江北碗,每个只值几个铜板,黄褐色的糙瓷,口上绘蓝色的几笔花叶,形与图案均古朴可喜,不过质料粗一点。中国新式的瓷器中,不止茶杯,凡壶,瓶,碗,盆中,有不少的幼稚而可嫌的东西,可嫌的点,就在形的一味好奇,色与花纹的一味好华丽,金,红的滥用。其例不胜枚举。比较之后,使我在粗陋的所谓江北货中发见了许多好的古朴可喜的器具。江北碗,我记得以前曾向一家做丧事人家的茶担上转买四个,每只铜元五枚,我曾陈列在书架上,经许多朋友欣赏过。后来,又在西门一个旧货摊上以六个铜板买了同样质料的一个瓶,颜色上半是

暗黄，下半是殷红，真是陈列或静物写生的好材料。在新式的细洁的瓷器中，从未见过这样好的形式。茶壶之中，不是奇形而奇色，就是只顾实用。

玩具有欢喜"逼真"的恶习。故多数的玩具，是照真的物件缩小的。小洋房，小大菜桌，小黄包车……都是小型而逼真的玩具。近来这种办法甚至应用到人身上：七八十来岁的女孩，竟给她像母亲一样地穿小裙，小女衫，梳小头，装成一个奇形的小太太。使人对于这女孩子不敢接近。

最恶劣的，无过于近来在上海流行的，贺开张用的画框了。试入新开的商店内，必可看见环壁是这类的画框。写出或用小块镜子玻璃填出"长发其祥""财源茂盛"一类的字，旁边是大红大绿及金银色的花纹，好像戏文里的袍或幔上的花纹，而更加散漫乱杂。总之，是盲目的一味贪好华丽浓厚，使五光十色，眩耀人目而止，毫无一点"美"的影踪。

不良的工艺品，实用品，逐日的产出，大批的销行，可见一定是有人欢喜而购买的。这原是国民美育程度的根本问题，但从工艺品促进改良上促进国民的美育，以工艺品改良为艺术教育的一端，也是可能的事。十九世纪末的英国、德国的艺术教育运动，便是发轫于工艺品改良的。英国为了其工艺的出品在巴黎大博览会遭失败而提倡艺术教育，德国为了其工艺的出品在一八五一年的伦敦大博览会遭失败而开艺术教育大会。我国艺术专门学校已经林立，而独无人注意于工艺品的改良，坐使商人利用民众的幼稚的鉴赏力的弱点，而源源地产出恶劣的物品，不可谓非艺术教育者对于社会方面的疏忽。

家住夕陽江上邨 一灣流水遶柴門邨來
松樹高拄屋 借与春禽養子孫

从梅花说到美

梅花开了！我们站在梅花前面，看到冰清玉洁的花朵的时候，心中感到一种异常的快适。这快适与收到附汇票的家信时或得到 full mark（满分）的分数时的快适，滋味不同；与听到下课铃时的快适，星期六晚上的快适，心情也全然各异。这是一种沉静、深刻而微妙的快适。言语不能说明，而对花的时候，个人会自然感到。这就叫做"美"。

美不能说明而只能感到。但我们在梅花前面实际地感到了这种沉静深刻而微妙的美，而不求推究和说明，总不甘心。美的本身的滋味虽然不能说出，但美的外部的情状，例如原因或条件等，总可推究而谈论一下，现在我看见了梅花而感到美，

感到了美而想谈美了。

关于"美是什么"的问题,自古没有一定的学说。俄罗斯的文豪托尔斯泰曾在其《艺术论》中列述近代三四十位美学研究者的学说,而各人说法不同。要深究这个问题,当读美学的专书。现在我们只能将古来最著名的几家的学说,在这里约略谈论一下。

最初,希腊的哲学家苏格拉底这样说:"美的东西,就是最适合于其用途及目的的东西。"他举房屋为实例,说最美丽的房屋,就是最合于用途、最适于住居的房屋。这的确是有理由的。房子的外观无论何等美丽,而内部不适于居人,决不能说是美的建筑,不仅房屋为然,用具及衣服等亦是如此。花瓶的样子无论何等巧妙,倘内部不能盛水插花,下部不能稳坐桌子上,终不能说是美的工艺品。高跟皮鞋的曲线无论何等玲珑,倘穿了走路要跌跤,终不能说是美的装束。

"美就是适于用途与目的。"苏格拉底这句话,在建筑及工艺上固然讲得通,但按到我们的梅花,就使人难解了。我们站在梅花前面,实际地感到梅花的美。但梅花有什么用

PART2 发现生活之美

途与目的呢？梅花是天教它开的，不是人所制造的，天生出它来，或许有用途与目的，但人们不能知道。人们只能站在它前面而感到它的美。风景也是如此：西湖的风景很美，但我们决不会想起西湖的用途与目的。只有巨人可拿西湖来当镜子吧？

这样想来，苏格拉底的美学说是专指人造的实用物而说的。自然及艺术品的美，都不能用他的学说来说明。梅花与西湖都很美，而没有用途与目的；姜白石（姜夔）的《暗香》与《疏影》为咏梅的有名的词，但词有什么用途与目的？苏格拉底的话，很有缺陷呢！

苏格拉底的弟子柏拉图，也是思想很好的美学者。他想补足先生的缺陷，说"美是给我们快感的"。这话的确不错，我们站在梅花前面，看到梅花的名画，读到《暗香》《疏影》，的确发生一种快感，在开篇处我早已说过了。

然而仔细一想，这话也未必尽然，有快感的东西不一定是美的。例如夏天吃冰淇淋，冬天捧热水袋，都有快感。然而吃冰淇淋与捧热水袋不能说是美的。肴馔入口时很有快

感，然厨司不能说是美学家。罗马的享乐主义者们中，原有重视肴馔的人，说肴馔是比绘画、音乐更美的艺术。但这是我们所不能首肯的话，或罗马的亡国奴的话。照柏拉图的话做去，我们将与罗马的亡国奴一样了。柏拉图自己蔑视肴馔，这样说来，绘画、音乐、雕刻等一切诉于感觉的美术，均不足取了（因为柏拉图是一个轻视肉体而贵重灵魂的哲学家，肴馔是养肉体的，所以被蔑视）。故柏拉图的学说，仍不免有很大的缺陷。

于是柏拉图的弟子亚理斯多德［亚里士多德（Aristotle，前384年—前322年）］，再来修补先生的学说的缺陷。但他对于美没有议论，只有对于艺术的学说。他说"艺术贵乎逼真"。这也的确是卓见。诸位上图画课时，不是尽力在要求画得像么？小孩子看见梅花，画五个圈，我们看见了都赞道："画得很好。"因为很像梅花，所以很好，照亚理斯多德的话说来，艺术贵乎自然的模仿，凡肖似实物的都是美的。这叫做"自然模仿说"，在古来的艺术论中很有势力，到今日还不失为艺术论的中心。

然而仔细一想，这一说也不是健全的。倘艺术贵乎自然模仿，凡肖似实物的都是美的，那么，照相是最高的艺术，照相师是最伟大的美术家了。用照相照出来的景物，比用手画出来的景物逼真得多，则照相应该比绘画更贵了。然而照相终是照相，近来虽有进步的美术照相，但严格地说来，美术照相只能算是摄制的艺术，不能视为纯正的艺术。理由很长，简言之：因为照相中缺乏人的心的活动，故不能成为正格的艺术。画家所画的梅花，是舍弃梅花的不美的点，而仅取其美的点，又助长其美，而表现在纸上的。换言之，画中的梅花是理想化的梅花。画中可以行理想化，而照相中不能。模仿与理想化——此二者为艺术成立的最大条件。亚理斯多德的话，偏重了模仿而疏忽了理想化，所以也不是健全的学说。

以上所说，是古代最著名的三家的美学说。近代的思想家，对于美有什么新意见呢？德国有真善美合一说及美的独立说，二说正相反对。略述如下：

近代德国美学家鲍姆加敦［鲍姆加登（Baumgarten，1714—1762）］说："圆满之物诉于我们的感觉的时候，我们感到美。"这句话道理很复杂了。所谓圆满，必定有种种的要

素。例如梅花，仅乎五个圆圈，不能称为圆满。必有许多花，又有蕊，有枝，有干，或有盆。总之，不是单纯而是复杂的。但一味复杂而没有秩序，例如在纸上乱描了几百个圆圈，又不能称为圆满，不成为画。必须讲究布置，还有统一，方可称为圆满。故换言之，圆满就是"复杂的统一"。做人也是如此的：无论何等善良的人，倘过于率直或过于曲折，决不能有圆满的人格。必须有丰富的知识与感情，而又有统一的见解的人，方能具有圆满的人格。我们用意志来力求这圆满，就是"善"；用理知来认识这圆满，就是"真"，用感情来感到这圆满，就是"美"。故真、美、善，是同一物。不过或诉于意志，或诉于理知，或诉于感情而已。——这叫做真善美合一说。

反之，德国还有温克尔曼（Winckelmann，1717—1768）和雷迅［莱辛（Lessing，1729—1781）］两人，完全反对包姆加敦，说美是独立的。他们说："美与真善不同。美全是美，除美以外无他物。"

但近代美学上最重要的学说，是"客观说"与"主观说"的二反对说，前者说美在于（客观的）外物的梅花上，后者说美在于（主观的）看梅花的人的心中。这种问题的探究，很有

趣味,现在略述之如下:

美的客观说,始创于英国。英国画家霍格斯[贺加斯（Hogarth,1697—1764）]说:"物的形状,由种种线造成。线有直线与曲线。曲线比直线更美。"现今研究裸体画的人,有"曲线美"之说。这话便是霍格斯所倡用的。霍格斯说:"曲线所成的物,一定美观。故美全在于事物中。"倘问他:"梅花为什么是美的?"他一定回答:"因为它有很好的曲线。"

美的客观说的提倡者很多。就中有的学者,曾指定美的具体的五条件,说法更为有趣。今略为伸说之:

第一,形状小的——美的事物,大抵其形状是小的。女人比男人,身体大概较小。故女人大概比男人为美。英语称女性为 fair sex,即"美性"。中国文学中描写美人多用小字,例如"娇小""生小",称女子为"小姐""小鬟",女子的名字也多用"小红""小苹"等。因为小的大都可爱。孩子们欢喜洋团团,大人们欢喜宝石、象牙细工,大半是因其小而可爱的原故。我们看了梅花觉得美,也半是为了梅花形小的原故。假如有像伞一般大的梅花,我们见了一定只觉得可惊，不感到美。我们看见婴孩，总觉得可爱。但假如婴孩同白象一样大，我们就觉得可怕了。

第二，表面光滑的——美的事物，大概表面光滑。这也可先用美人来证明。美人的第一要件是肌肤的光泽。故诗词中有"玉体""玉肌""玉女"等语。我们所以爱玉，爱宝，爱大理石，爱水晶，也是爱它们的光滑。爱云，爱雪，爱水，也是为了洁净无瑕的原故。化妆品——雪花膏，生发油、蜜，大都是以肤发光滑为目的的。

第三，轮廓为曲线的——这与霍格斯所说相同。曲线大概比直线为可爱。试拿一个圆的玩具和一个方的玩具同时给小孩子看，请他选择一件，他一定取圆的。人的颜面，直线多而棱角显然，不及曲线多而带圆味的好看。矗立的东洋建筑，上端加一圆的dome（圆屋顶），比平顶的好看得多。西湖的山多曲线，故优美。云与森林的美，大半在于其周围的曲线。美人的脸必由曲线组成。下端圆肥而膨大的所谓"瓜子脸"，有丰满之感，上端膨大而下端尖削的"倒瓜子脸"，有清秀之感。孩子的脸中倘有了直线，这孩子一定不可爱。

第四，纤弱的——纤弱与小相类似，可爱的东西，大概是弱的。例如鸟、白兔、猫，大都是弱小的。在人中，女子比男子弱，小孩比大人弱。弱了反而可爱。

第五，色彩明而柔的——色彩的明，换言之，就是白的，淡的。谚云"白色隐七难"，故女子都欢喜擦粉。色的柔，就是明与暗的程度相差不可过多。由明渐渐地暗，或由暗渐渐地明，称为"柔的调子"。柔的调子大都是美的。物体受着过强的光，或过于接近光源，其明暗判然，即生刚调子。刚调子不及柔调子的美观。窗上用窗帏，电灯泡用毛玻璃，便是欲减弱光的强度，使光匀和，在室中的人物上映成柔和的调子。女子不喜立在灯的近旁或太阳光中，便是欲避去刚调子。太阳下的女子罩着薄绢的彩伞，脸上的光线异常柔美。

我们倘问这班学者："梅花为什么是美的？"他们一定回答："梅花形小，瓣光泽，由曲线包成，纤弱，色又明柔，故美。"这叫做"美的客观说"。这的确有充实的理由。

反之，美的主观说，始倡于德国。康德（Kant，1724—1804）便是其大将。据康德的意见，美不在于物的性质，而

在于自己的心如何感受。这话也很有道理,人们都觉得自己的子女可爱,故有语云:"癞痢头儿子自己的好。"人们都觉得自己的恋人可爱,故有语云:"情人眼里出西施。"这种话中,含有很深的真理。法兰西的诗人波独雷尔[波德莱尔(Baudelaire)]有一首诗,诗中描写自己死后,死骸上生出蛆虫来,其蛆虫非常美丽。可知心之所爱,蛆虫也会美起来。我们站在梅花前面,而感到梅花的美,并非梅花的美,正是因为我们怀着欣赏的心的原故。作《暗香》《疏影》的姜白石站在梅花前面,其所见的美一定比我们更多。计算梅花有几个瓣与几个蕊的博物学者,对梅花全不感到其美。挑了盆梅而在街上求售的卖花人,只觉得重的担负。

感到美的时候,我们的心情如何?极简要地说来,即须舍弃理智的念头而仅用感情来迎受。美是要用感情来感到的。博物先生用了理知之念而对梅花,卖花人用了功利之念而对梅花,故均不能感到其美。故美的主观说,是不许人们想起物的用途与目的的。这与前述的苏格拉底的实用说恰好相反,但这当然是比希腊的时代更进步的思想。

康德这学说,名为"无关心说"("disinterestedness")。

无关心，就是说美的创作或鉴赏的时候不可想起物的实用的方面，描盆景时不可专想吃苹果，看展览会时不可专想买画，而用欣赏与感叹的态度，把自己的心没入在对象中。

以上所述的客观说与主观说，是近代美学上最重要的二反对说。每说各有其根据。禅家有"幡动，心动"的话，即看见风吹幡动的时候，一人说是幡动，又一人说是心动。又有"钟鸣，撞木鸣"的话，即敲钟的时候，或可说钟在发音，或可说是撞木在发音。究竟是幡动抑心动？钟鸣抑撞木鸣？照我们的常识想来，两者不可分离，不能偏说一边，这是与"鸡生卵，卵生鸡"一样的难问题。应该说："幡与心共动，钟与撞木共鸣。"这就是德国的席勒尔［席勒（Schiller，1759—1805）］的"美的主观融合说"。

融合说的意见：梅花原是美的。但倘没有能领略这美的心，就不能感到其美。反之，颇有领略美感的心，而所对的不是梅花而是一堆鸟粪，也就不能感到美。故美不能仅用主观或仅用客观感得。二者同时共动，美感方始成立。这是最充分圆满的学说，世间赞同的人很多。席勒尔以后的德国学者，例如海格尔［（黑格尔）（Hegel）］，叔本华

（Schopenhauer），哈特曼（Hartmann）等，都是信从这融合说的。

以上把古来关于美的最著名的学说大约说过了，但这不过是美的外部的情状，不是美本身的滋味。美的滋味，在口上与笔上决不能说出，只得由各人自己去实地感受了。

主人醉倒不相勸 客友持杯勸主人 子愷畫

巷中的美音[1]

日长人静的下午,我家东边的巷中常常发出一种美音,婉转悠扬,非常动听的。

今天放学后,我正凭在东楼窗上闲眺,这美音又远远地响来了。我想看一看,究竟是谁奏什么乐器。便把头伸出窗外去探望,但那发音体还在屋后的小弄里,没有转弯,所以我不见一人,但闻那声音渐渐地近起来,渐渐地响起来,渐渐地清爽起来。我根据了这美音而想象,转出来的大约是一位神仙,奏的大约是一管魔笛。不然,为什么这样地动人呢?谁知等了好久,转出来的是一个伛偻而且褴褛的老头子,肩上背着一大

---

[1] 本篇曾载1937年4月25日《新少年》第3卷第8期。——编者注

捆竹棒头,嘴里吹着一根横笛——也是一根竹棒头。

我很惊奇,看见他一步一步地走近来,心中想道:这美音原来是卖笛的广告!但这老头子学得这一口好笛,真是看他不出!继又想道:中国的乐器实在有些神秘!只要在一根毛竹上凿几个洞,就可由此奏出这样婉转悠扬的美音来,何等简单而自然!外国的风琴钢琴笨重而复杂得像一架大机器,对此岂不愧然!

伛偻而且褴褛的老头子带了婉转悠扬的美音而渐行渐近,终于走到了我的窗下。我喊下去:

"喂,你的笛卖不卖?"

"卖的。"老头子仰起头来回答,美音戛然中止了。

"多少钱一支?"

"一毛小洋。"

"你等一等,我走下来同你买。"

我抽开抽斗来数了二十五个铜板,匆忙下楼,走出大门,听见那美音又在奏响了,奏得比以前愈加华丽,愈加动听。我走近老头子身边,老头子收了美音,放下肩上的一捆毛竹棒来,叫我自己选。我选了一管,吹吹看,不成腔调。我说:"这管

笛不好听,把你刚才吹的一管卖给我吧。"老头子笑着答允了,把他自己吹的笛递给我。我付了钱,拿了笛回家,满望吹出美音来。谁知吹起来还是不成腔调,懊恼得很。

管门的王老伯伯看见了,来安慰我:"哥儿不要着急,学起来自会吹得好的。来,我教你吧。"我不意王老伯伯会教音乐,好奇心动,就请他教。他吹一曲"工工四尺上"给我听,虽然吹得不及卖笛老头子这般婉转悠扬,却也很上腔调。只是"工工四尺上"这名目太滑稽,我玩笑地对他说:"公公四尺长,婆婆只有三尺长了!"他说:"不是这样讲的。喏,六个手指完全按住,是'六'。下底开放一指是'五',开放两指是'乙',开放三指是'上',开放四指是'尺',开放五指是'工',六指全部开放是'凡'。懂得了这七个字眼,就可吹各种曲子了。不一定是'工工四尺上'的!"我研究了一下,豁然领悟,原来这是音阶,"六五乙上尺工凡"就是"扫腊雪独揽梅花",也可说就是"独揽梅花扫腊雪"。王老伯伯所谓"工工四尺上"就是口琴谱里的 |3 3 6 2|| - 5. 6 1|| - 6 1|| 3 2 -| 这在口琴曲里称为《大中华》,原来真是中国的本产货,连王老伯伯都会奏的。我从王老伯伯手里夺回那管笛,自己练习音

阶，不久就学会了。我知道这笛上可以吹两种调子：第一种是以六指全部按住为 do，逐一向上开放，即得七音。第二种是以开放三指（即右手全部开放，左手全部按住）为 do，逐一向上开放，周而复始，亦得七音。前者倘是 C 调，后者正是 F 调。这比口琴便利一点。一只口琴只有一个调子，一管笛倒有两个调子。而且笛的音色也不比口琴坏，非常嘹亮，远远的愈加好听。这样单纯的一根竹管头，想不到也具有这样巧妙的机能，中国乐器真是神秘。

我生硬地吹着"工工四尺上"，吹进爸爸的房间里。爸爸问我笛的由来，我把刚才买笛的情形一一告诉他，最后笑着对他说："刚才我吹的，是王老伯伯教我的'公公四尺长，婆婆六尺长'呀！"爸爸也笑起来，从我手里取过笛去吹了一会，对我说："你是中国人，却只知道西洋的阶名，听到中国自己的阶名时反觉得好笑。这才真是好笑咧。我告诉你，中国也有音名和阶名。音名，前回我已对你说过，就是铁马上所刻着的十二律'黄钟、大吕、太簇、夹钟、姑洗、中吕、蕤宾、林钟、夷则、南吕、无射、应钟'。约略相当于西洋的十二调'C、升 C、D、升 D、E、F、升 F、G、升 G、A、升 A、B'。阶名，

有古乐及俗乐两种。古乐里的阶名,就是七音'宫、商、角、变徵、徵、羽、变宫',因为其中有两个仅加一变字,故又叫作'五音'。俗乐里的阶名,便是王老伯伯所说的'上尺工凡六五乙'。大约相当于西洋的七音'独揽梅花扫腊雪'。现今学京剧昆剧的,大都用这七个音当作阶名。从音乐的练习上讲,'宫商'和'工尺'都不及'独揽'的便利。所以现今东洋各国,都废止了自己原有的阶名而采用西洋的'独揽'。所以'独揽'现已成为世界共通的阶名,仿佛西历现已成为世界共通的公历了。不过做了中国人,中国原有的音名阶名也应该知道。所以你不要讥笑王老伯伯,他倒是能够保存国粹的呢。哈哈!"

我窥察爸爸今天谈兴很好,就向他发表刚才的感想:"我看卖笛的老头子,比王老伯伯更加稀奇。我只听见婉转悠扬的笛音而未见其人的时候,想象其人大约是个神仙,吹的大约是管魔笛。谁知等他走近来一看,原来是个伛偻而且褴褛的老头子,吹的只是这样的一根竹管。吹出来的音那样地动人,真是出我意料之外!"

爸爸说:"这还不算稀奇。你想象这是仙人吹魔笛,我就讲一个仙人吹魔笛的故事给你听吧,从前有一个外国地方,忽然来了无数的老鼠。满城的房屋和街道,都被老鼠占据了。这些老鼠很横行,要吃人的食物,要咬人的衣服,白昼也不避人。满城的百姓,都不得安居,但都想不出驱逐老鼠的方法。有一天,有一个吹笛的老头子——大约就像你今天所见的老头子一般模样的——来到城里,对人说他能驱除老鼠,但每只要一毛钱,人民见他貌不惊人,不敢相信,市长说姑且教他一试,就答允他的条件,请他驱鼠。这老头子吹着笛向河边走,无数老鼠都跑出来,跟了他走。走到河边,统统跳到河里,不再出来了。老头问最后一只大老鼠说:'一共几只?'大老鼠说:'一共九十九万九千九百九十九只。'说过之后,也跳进河里。于是城里的老鼠都驱除了。老头子向市长要九十九万九千九百九十九毛钱。市长图赖了,对他说:'你要钱,拿凭据来。见一只死老鼠,给你一毛钱。'老头子拿不出凭据,也不要钱了。但他又吹笛,向山林方面走去。这回吹的比前愈加好听,满城的小孩子都跑出来,跟着他走。跟到山里,山脚上的岩石忽然洞开,老头子走进洞,满城的小孩子统统跟进洞。洞就关闭,只剩一个跛脚孩子没有被关进。他因为脚有毛病,走不快,所以没有被关进。满城的大人们都来寻孩

子，只寻着一个跷脚孩子。跷脚孩子把别的孩子的去处告诉大人们。大人们拿了锄头铁耙，拼命地掘岩石，始终掘不出孩子来。于是这城就变成了一个（除了一个跷脚孩子以外）没有孩子的寂寞的城！这城至今还存在呢。音乐的感化力有这般伟大，你信不信？"我未及回答，外面客人来了，爸爸匆匆出去。

这时巷中的笛声又远远地响着了。原来出巷便是市梢，没有人买笛，所以他每次吹出巷，又吹回来。我一听见笛声，连忙走到东窗口去眺望。我再见这伛偻而褴褛的老头子时，不觉得稀奇而觉得可怕。再听他的笛声，也不复是以前的悠扬婉转的美音，却带着凄凉神秘的情调了。他走近来了，我连忙关窗。我不欢喜我的笛了，预备把它送给王老伯伯。

儿童饱饭黄昏后
短笛横吹噢不歸

子愷

晚餐的转调[1]

晚餐时发生异样的感觉。

过去的半年中,姐姐常在城里的中学校里做住宿生,家里的食桌上总是爸爸、姆妈和我三人。我吃饭时左顾右盼,一定看见姆妈的和悦的脸孔和爸爸的笑颜,半年来已经看得很惯了。今晚坐到食桌上,抬头一看,光景忽然异样:姆妈的脸孔忽然不见,却出现了姐姐的齐整而饱满的面庞。原来今天学校开始放寒假,但姐姐于下午从学校回来而姆妈被隔壁三娘娘家邀去吃对亲酒[2]了。因此晚餐桌上的光景忽然一变,使我发生

---

[1] 本篇曾载1937年1月25日《新少年》第3卷第2期。——编者注
[2] 对亲酒,意即订婚酒。——编者注

异样的感觉。

感觉上有什么异样？说也说不清楚。但觉得以前的座上比现在热闹，因为爸爸姆妈两个大人都在座，而且姆妈是欢喜说笑的。又觉得现在的座上比以前更幽静，因为我和姐姐都是小孩，而且姐姐向来是温和沉静的。我不期地把这感觉说了出来："少了一个姆妈，多了一个姐姐，我觉得今天的晚餐很异样。"

姐姐接着说："长调（大调）转了短调（小调），感觉当然异样了。"

我忽然忆起了阳历年假中的比喻："爸爸是 do，姆妈是 sol，姐姐是 la，我是 mi。"姐姐说"长调转了短调"，一定和这话有关。照这比喻说，以前的晚餐座上的三人是 do，mi，sol，现在的晚餐座上的三人是 la，do，mi。长调和短调的分别，一定在这上面了。我就问姐姐："你说长调变了短调，就是说 do，mi，sol 变了 la，do，mi 么？我们的先生也讲过，可是我还分不清楚。为什么 do，mi，sol 是长调，la，do，mi 是短调，你现在能简明地告诉我么？姐姐！"

姐姐在爸爸面前很谦虚,侧着头笑道:"我也不大讲得清楚,但知道常用 do,mi,sol 三字的是长调的乐曲,常用 la,do,mi 三字的是短调的乐曲。为什么叫做长调短调,你问爸爸吧。"

爸爸不等我发问,笑着说道:"你们把我比作 do,把你姆妈比作 sol,把你们两人比作 la 和 mi,倒是很确切而有趣的比喻!音阶中有七个音,那么还有三个音用什么比方呢?"

我和姐姐一同抢着说:"徐妈是 fa,阿四是 re,管门的王老公公是 si!我们是音乐的家庭!"

爸爸听了,笑得几乎喷饭。我就再问:"为什么 do,mi,sol 是长调,la,do,mi 是短调?"

爸爸说:"do,re,mi,fa,sol,la,si 叫做长音阶(大音阶),用长音阶作曲的乐曲,叫做长调乐曲。la,si,do,re,mi,fa,sol,叫做短音阶(小音阶)。用短音阶作曲的乐曲,叫做短调乐曲,一个音乐里最常用的,是第一,第三,第五的三个音。所以 do,mi,sol 是长音阶中最常用的音,可以代表长调,la,do,mi 是短音阶中最常用的音,可以代表短调。你吃完了饭可以试唱一遍看，唱 do，mi，sol，do（把第一音重复），感觉热闹而力强，正像你姆妈在家时一样，唱 la，do，mi，la，感觉幽静而柔弱，正像你姆妈换了你姐姐一样。"

我不等吃完饭，就唱起来："do——mi——sol——do——。""la——do——mi——la——。"真奇怪，前者感觉是阳气腾腾地热闹，后者感觉是阴风惨惨地沉静。后者所不同者，就是 sol 字换了 la 字，姆妈换了姐姐。我忽然想出一种解说，自言自语地说道："哈！我知道了，姆妈的身体比姐姐长，所以有姆妈的叫做长音阶，有姐姐的叫做短音阶。"爸爸和姐姐听了都笑起来。我自己想想也觉得好笑。接着我就问："不然，为什么用长短两字来分别呢？"

爸爸正在赶紧地吃饭，暂时不响。姐姐怀疑似的轻轻说道："这是长三度（大三度）和短三度（小三度）的区别吧？"说着看爸爸的脸孔。爸爸吃完了一碗饭，点点头说："到底姐姐说的不错。这是长三度和短三度的区别。什么叫做长三度和短三度？恐怕你还不知道。吃过了饭我教你。"

我连忙伸手接了爸爸的饭碗,说道:"我同你添饭,你现在就教我好么?"他笑着答应了,继续说道:"你知道么,一个音阶里有七个音,每两个音之间的距离不等。从 mi 到 fa,从 si 到 do,这两处的距离特别短,叫做'半音',其余的叫做'全音'。故一个音阶是由五个'全音'和两个'半音'造成的。所谓'度',就是从一个音到另一个音所经过的字数。例如从 do 到 re,经过两个字,叫做二度,从 do 到 mi,经过三个字,叫做三度,其余不必细说。二度有两种,相距一个'全音'的,叫做'长二度',例如 do 到 fa 便是。相距一个'半音'的,叫做'短二度',例如 mi 到 fa 便是。三度也有两种,相距两个'全音'的,叫做'长三度',例如 do 到 mi 便是。相距一个'全音'和一个'半音'的,叫做'短三度',例如 la 到 do 便是。故长音阶就是第一音(do)与第三音(mi)之间为长三度的音阶,短音阶就是第一音(la)与第三音(do)之间为短三度的音阶。你懂了么?"爸爸说过之后赶快吃饭。

我一面吃饭,一面回想爸爸的话,觉得很有兴味,原来长短音阶的名称是这样来的。我又自言自语地说道:"那么从爸爸到我是长三度，从姐姐到爸爸是短三度。"姐姐道："还有从你到我，从爸爸到姆妈，是什么呢？你可不知道了！"

我想不出来，对爸爸看。爸爸放下了饭碗，说："索性统统教了你吧！四度也有两种，相隔两个'全音'和一个'半音'的，叫做'完全四度'，例如 do 到 fa，又如 mi 到 la（姐姐在这里加以注解道："就是从你到我。"）便是。比'完全四度'增多一个'半音'，相距三个'全音'的，叫做'增四度'，例如 fa 到 si 便是。五度也有两种，相距三个'全音'和一个'半音'的，叫做'完全五度'，例如 do 到 sol（姐姐道："就是从爸爸到姆妈。"）便是。比'完全五度'减少一个'半音'，相距两个'全音'和两个'半音'的，叫做'减五度'，例如 si 到 fa 便是。六度也有两种，相距四个'全音'和一个'半音'的，叫做'长六度'，例如 do 到 la 便是。相距三个'全音'和两个'半音'的，叫做'短六度'。七度也有两种，相距五个'全音'和一个'半音'的，叫做'长七度'，例如 do 到 si 便是。相距四个'全音'和两个'半音'的，叫做'短七度'。八度只有一种，含有五个'全音'和两个'半音'，叫做'完全八度'，例如 do 到 do 便是。"

讲到这里，姆妈回来了。姐姐刚吃好饭，立起身来，拉姆妈坐在她所坐过的凳上，说道："好，好，短调又转长调了！"姆妈弄得莫名其妙，我们管自好笑。姆妈也管自同爸爸讲三娘娘家对亲的事情了。

夜闌更秉燭
相對如夢寐

太白遺風

酒徒

PART3 万物有灵且美

物语[1]

晴爽的五月的清晨,缘缘堂主人早起,以杨柳枝漱口,饮清水一大杯,燃土耳其卷烟一支,走近堂楼窗际,凭栏闲眺庭中的景物,作如是想:

"葡萄也贪肥。用了半张豆饼,这几天就青青满棚。且有许多藤蔓长出棚外,颤袅空中,在那里要求延长棚架了。那嫩叶和卷须中间,已有无数绿色的小珠,这些将来都是结葡萄的。预想今年新秋,棚下果实累累,色如琥珀,大如鸟卵,味甘可口,专供我随意摘食。半张豆饼的饲养,换得它这许多的报效,这植物真可谓有益于人生,而尽忠于主人的了。去年夏

---

[1] 本篇曾载1936年7月16日《宇宙风》第2卷第21期。——编者注

秋,主人客居他方,听说它生很少而小而无味。今年主人将在此过夏秋,它颇能体贴人意,特地多抽条枝,将以博主人之欢。你看,那嫩叶儿在朝阳中向我微笑,那藤蔓儿在晨风中向我点头,仿佛在说:'我们都是为你生的呀!'

"南瓜秧也真会长!不多天之前撒下几颗南瓜子,现在变成了一座小林。那些茎儿肥胖得像许多青虫。那子叶长大得像两个浮萍。有些子叶上面还顶着一张带泥的南瓜子壳,仿佛在对我证明:'诺!我确是从你所撒下的那颗瓜子里长出来的呀!'我预备这几天就给它分秧。掘几枝种在平屋后面的小天井里,让它们长大来爬到平屋上。再掘几枝种在灶间后面的阴沟旁,让它们长大来爬在灶间上。南瓜的确是一种最可爱的作物。你想,一粒瓜子放在墙下的泥里,自会迅速地长出蔓来,缘着竹竿爬到人家的屋上。不到半年,居然会变出十七八个果实来,高高地横卧在屋顶,专让屋主随时取食,教外人无法偷取。这不是最尽忠于主人的作物么?况且果实又肥又大,半个南瓜可烧一锅,滋味又甜又香,又可点饥,又易消化。这不是最有益于人生的植物吗?它那青虫似的苗秧,含蓄着无限的生产力,怀抱着无限为人服务的忠诚。古人咏小松曰:'时人不

PART3 万物有灵且美

识凌云木,直待凌云始道高。'这两句正可拜借来赞咏我眼前的南瓜秧。看哪,许多南瓜秧在微风中摇摆着。它们大约知道我正在赞赏它们,故尔装出这得意的样子来酬答我,仿佛在对我说:'我的出身虽然这么微贱,但是我有着凌云之志,将来定要飞黄腾达,以报答你的养育之恩!'

"鸽子们一齐在棚里吃早食了。雌的已会生蛋。它们对主人真亲善:每逢一只雌鸽子生了两个蛋,倘这里的小主人取食一个,它能补生一个。倘再取食一个,它能再补生一个,绝无吝色,永不表示反抗。现在我要阻止这里的小主人的取食鸽蛋,让它们多孵小鸽子。将来小鸽子多了,我定要把棚扩大且加以改良,让它们住得舒服。因为它们对我的服务实在太忠诚了:我每逢出门,带几只在身边,到了远方,要使这里的主母知道我的行踪和起居,可写一封信缚在鸽子的脚上,叫它飞送。一霎儿它就带了信回家,报告主母,比航空邮便还快,比挂号信还妥当。不但省了我许多邮票,又给我许多便利,外加添了我家庭中的许多趣味。这是何等有智慧而通人意的一种小动物!我誓不杀食你们的肉,我誓愿养杀你们①。啊,它们仰起

---

① 养杀你们,意即供养你们一辈子直到老死。——编者注

头来望我了！啊，它们'咕、咕'地对我叫了。这明明是对我表示亲爱，仿佛在说：Good morning！ Good morning！（早安！早安！）

"黑猫把头钻在门槛底下做什么？不错！它是在那里为我驱逐老鼠。门槛底下的洞正是老鼠出没的地方。前天我亲眼看见两只大老鼠被它追赶，仓皇地逃进这洞里去。以前我家老鼠多而且凶。白昼常常横行，晚上更闹得人不能睡眠。抽斗都变成了老鼠的便所，人所吃的都是老鼠的残食。原稿纸在桌上放过一夜，添上了老鼠的小便痕。孩子们把几粒花生米在衣袋里放过一夜，明天连衣襟都被咬破。自从这只黑猫来到我家以后，老鼠忽然肃清，家人方得安眠。真是除暴安良，驱邪降福。它的服务多么忠诚勤恳：晚间通夜不睡，放大了两个瞳孔，在满间屋子里巡查侦缉。白天偶尔歇息，也异常警惕。听见墙角吱吱一声，就猛然惊醒，勇往直前，爪牙交加，务须驱之屋外，或置之死地而后已。即使在吃饱的时候，看见了老鼠也绝不放过，宁可不吃，不可不杀。总之，它的捕鼠非为一己口腹之欲，全为我家除害。故终日终夜皇皇然，唯恐老鼠伤害了我家的一草一木。它仰起头，竖起尾巴，向我'咪呜、咪呜'地叫了。

PART3　万物有灵且美

这神气多么威武，这声音又多么柔媚！好似一员小将杀退了毛贼，归来向国王献捷的模样。"

缘缘堂主人作如是想毕，满心欢喜，得意洋洋，深深地吸入一口土耳其卷烟，喷出烟气与屋檐齐高。然后暂闭两目，意欲在晨曦中静养其平旦之气。忽闻庭中吃吃作笑，呜呜作声，似有人为不平之鸣者。倾耳而听，最先说话的是葡萄：

"哈，哈，这老头子发痴！他以为我是为他生的。人类真是何等傲慢而丑恶的动物！我受天之命而降生，借自然之力而成长，何干于你？我在这里享乐我自己的生命，繁殖我自己的种子，何尝为你而生？你在我的根上放下半张豆饼，为我造棚，自以为对我有培养之恩吗？我实在不愿受这种恩，这非但对我自己的生活毫无益处，实在伤害了我！你知道吗？我本来生在山野，泥土是适我胃口的食粮，雨露是使我健康的饮料，岩壁丘壑是我的本宅，那时我的藤蔓还要粗，我的种子还要多，我的攀缘力与繁殖力比现在强得多。自从被你们人类取来豢养之后，硬要我吃过量的食料，硬把我拘束在机械的栅上，还要时时弯曲我的藤蔓，教我削足适履；裁剪我的枝叶，使我畸形发展。于是我的藤蔓变成如此细弱，我的种子变得如此臃

肿。我的全身被你们造成了残废的模样。你称赞我的种子色如琥珀，大如鸟卵。其实这在我是生赘疣，生臌胀，生小肠气病，都是你害我的！你反道这是我对你的恩惠的报效，反道我尽忠于你，真是荒天下之大唐！尤可笑者，去年我生得少，你以为是你不在家的原故，今年我生得多，你以为是博你的欢。我又不是你的情人，为你离家而憔悴，又不是你的奴隶，在你面前献媚！告诉你吧：我因生理的关系，要隔年繁荣一次。你偶然凑巧，就以为我逢迎你，真真见鬼！人类往往作这种狂妄的态度：回家偶逢花儿未落就说它'留待主人归'，送别偶逢鸟儿闲啼，就以为'恨别鸟惊心'，出门偶逢天晴，自以为'天佑'，岂不可笑？我们与你同是天之生物，平等地站在这世间，各自谋生，各自繁殖，我们岂是为你们而存在？你以为我在微笑，在点头。其实我在悲叹，在摇头。为了你强迫我吃了半张豆饼，剪去了我许多枝叶，眼见得今秋的果实又要弄得臃肿不堪，给你们吞食殆尽，不留一粒种子。昨天隔壁三娘娘家的母猪偶然到这里来玩。我曾经同她互相悲叹愤慨。我和她同样也受你们的'非生物道'的虐待，大家变得臃肿残废而膏你们的口腹。人类真是何等野蛮的东西！自己也是生物，却全不顾'生物

PART3 万物有灵且美

道'，一味自私自利，有我无人。还要一厢情愿，得意洋洋。天下的傲慢与丑恶，无过于人类了！"下面继续起来的谩骂之声，是那短小精悍的南瓜秧所发的：

"人类不但傲慢而丑恶，简直是热昏①！不要脸！他们自恃力强，公然侵略一切弱小生物。'弱肉强食'在这世间已成了一般公理；倘然侵略者的态度坦白，自认不讳，倒还有一点可佩服，可是他们都鬼头鬼脑，花言巧语，自命为'万物灵长'，以为其他一切生物皆为人而生，真是十八刀钻不出血的老皮面！葡萄伯伯的抗议，我不但完全同情，且觉得措辞太客气了。人这种野蛮东西，对他们用什么客气？你不知道我吃了他们多少苦头，才挣得这条小性命呢。我的母亲是一个体格强壮而身材苗条的健全的生物，被他们残忍地腰斩了，切成千刀万块，放在锅子里烧到粉骨碎身。那时我同众兄弟们还在娘肚皮里，被他们堕胎似的取出，盛在篮里，放在太阳光里晒。我们为了母亲的被害，已不胜哀悼；自己的小性命是否可保，又很忧虑。果然，晒了一天，有一人对着我们说：'南瓜子可以吃了！'我们惊起一看，其人正是这自命为主人的老头子！他

---

① 热昏，江南一带的方言，意即昏了头。——编者注

端起我们的篮来,横七竖八地摇了一会,对那老妈子说:'拿去炒一炒!'这死刑的宣告使我们众兄弟同声号哭,然而他们如同不闻,管自开锅发灶,准备我们的刑场。幸而有一个小姑娘,她大概年纪还小,天良还没有丧尽,走过来对老妈子说:'不要全炒,总要给它们留些种子的!'我们有了免于灭族的希望,觉得死也甘心。大家秉公持正,仓皇地推选,想派几个体格最健全的兄弟留着传种,以绍承我母的血统。谁知那小姑娘不管我们本人的意见,随手抓了一把,对那老妈子说:'这一点拿去种,余多的你炒吧!'我幸而被抓在她的手里,又不幸而不是最健全的一个。然而有此虎口余生,总算不幸中之大幸。现在这父母之遗体靠了土地的养育,和雨露的滋润,居然脱壳而出,蒸蒸日上,也可以聊尽子责而告慰泉壤了。但看这老头子的态度,我又起了无限的恐惧。我还道他家的小姑娘天良没有丧尽,慈悲地顾念我母的血食,原来不然,他们都全为自己,想等我大起来,再吃我的子孙!他贪恋我们的果实又肥又大,滋味又甜又香,何等可恶的老馋!他以为我们忠于主人,有益于人生;怀抱着为人服务的忠诚,何等荒唐的胡说!我们自有天赋的生产力,和天赋的凌云之志,但岂是为你们而生,

PART3 万物有灵且美

又岂是你们所能养成？可惜我的根不能移动，若得像那鸽子，我早已飞出这可诅咒的牢狱和刑场，向大自然的怀里去过我独立自主的生活了！"南瓜秧说到这里，鸽子就接上去说：

"你的话大都是我所同情的。不过听到你最后的话，似有讥讽我能飞不飞，甘心为奴的意思，这使我不得不辩解了。古语云，'一家不晓得一家事'，难怪你怀疑于我。现在我把我们的生活情形告诉你吧：人对我的待遇，除了偷蛋可恶以外，其余的我都只觉得可笑。以为我对人亲善，服务忠诚，全是盲子摸象！我们的祖先本来聚居在山野中，无拘无束，多么自由的生活！后来不知怎样，被人捕到城市，豢养在囚笼里。我们有一种独特而力强的遗传性，就是不忘我们的诞生地。人类有一句话，叫做'狐死正首丘'，又有俗语说，'树高千丈，叶落归根'，他们也认为这是一种美德。我们因有这种遗传性的原故，诞生在城市中的虽然飞翔力并不退化，却无意飞回山野。人类就利用我们这习性，为我们在庭院里筑窠巢，从单方面擅定我们是他们所豢养的，还要单恋似的说我们对人亲善，岂不可笑！我们为有上述的遗传性，大家善于记忆。即使飞到了数千百里之外，仍能飞回原处，绝对不要找警察问路。因此

人类又来利用我们，把信札缚在我们的脚上，托我们带回。纸儿并不重，我们也就行个方便。但这是'乘便'，不是专差，人类却自以为我们是他们的专差，称我们为'传书鸽'，还要谬赞我们服务忠诚，岂不更可笑吗？尤可笑的，我们有几个住在军队中的兄弟，不幸在战场上中了流弹，短命而死，军人居然为它们建筑坟墓，天皇还要补送它们勋章，教它们受祭奠。哈哈，我们只为了恪守祖先的遗志，不忘自己的根本，故而不辞冒险，在战场上来往；谁肯为这种横暴的侵略者做走狗呢？老实说，若不为了他们那种优良的食物的供养，我们也不肯中他们的计。只是那种食物太味美了，我们倒有些儿舍不得。横竖我们有的是翅膀，飞过战场也没有什么可怕，也乐得多吃些美食，在那里看看人类自相残杀的恶剧吧。这里的主人每逢托我带信回家，主母来接取我脚上的纸儿时，也必拿许多优良的食物供奉我。我为贪食这些，每次总是赶快回来。他们却误解了，以为我服务忠诚，真是冤哉枉也！也许他们都知道，为欲装'万物灵长'的场面，故意假痴假呆，说我们忠诚。那更是可笑而可耻了！刚才我在这里向朝阳请早安，那老头儿却自以为我在对他说'Good morning'。这便是可笑可耻的一端。"

PART3　万物有灵且美

黑猫也昂起头来说话了：

"鸽子哥儿的话好像是代替我说的！我的境遇完全和你一样，我的猫生观也和你相同。那老头儿以为我在这里为他驱鼠，谬赞我服务忠诚，并且瞎说我的捕鼠不为口腹，全为他家除害，唯恐老鼠伤害了他家的一草一木，在我也常觉得荒唐可笑。把我的平生约略地告诉你吧：我本来住在这里的邻近人家的。因为那人家自己没饭吃，更没有钱买鱼来供养我，他们的房子又异常狭小，所有的老鼠很少；即使有几只，也因为那屋破得可以，瓦上、壁上、窗户上，处处有不大不小的隙缝，老鼠可以自由逃窜，而我猫却钻不进去。我往往守候了好几天，没有一只老鼠可得，因此我只得告辞，彷徨歧途。偶然到这屋檐上窥探，看见房子还高大，布置还像样。我正想混进来找些食物，这里小姑娘已在檐下模仿我的叫声而招呼我了。不久那老妈子拿了一只碗走到檐下，对着我'叮叮叮叮'地敲起来。我连忙跳下来就食，碗里的东西真美味，全是我所最欢喜的鱼类！我预备常住在这里。但闻那老妈子说：'这猫不知是从哪里来的。这般瘦，看来是没有人家养的。我们养了吧，老鼠太多，教它赶老鼠。'那小姑娘说：'这只猫样子也好看！我

们养了它！不要忘记喂食！'我听了这话，就决心常住在这里了。他们的供养的确很好。外加前后许多屋子，都有无数的老鼠，任我随时捕食。现在老鼠虽已减少，且都警戒，只要用点工夫，或耐心装个假睡，也总可捞得一个。我们也有一种独特的遗传性，就是欢喜吃老鼠。老鼠比鱼更好吃。所以我虽在刚刚吃饱鱼饭的时候，见了老鼠仍是感到一种说不出的香味，不由得要捉住它。老实说，这里倘没有了上述的食物，我早已告辞了。那老头儿还说我为他服务忠诚，是上了我的当，不然，便如你所说，他是假痴假呆地夸口，以助'万物灵长'的威风。刚才我因为早晨没有吃过，追老鼠又落个空，仰起头来喊他给我备早饭，他却视我为献媚、献捷，也是人类可笑可耻的一个实例！——照理，正如葡萄先生和南瓜小姐所主张，我们都是受命于天而长育于地的平等的生物，应该各正性命，不相侵犯。但这道理太高，像我兄弟就做不到。但我们自认吃鱼吃老鼠不讳，态度是坦白的。至于像人类这样巧立了'灵长'的名目而侵略万物，还要老着面皮自以为'万物为我而生'，我们是不屑为的！"

缘缘堂主人倾耳而听，不漏一字，初而惊奇，继而惶恐，终于羞惭。想要辩解，一时找不出理由。土耳其卷烟熄，平旦之气消，愀然变容，悄然离窗，隐几而卧。

香餌自香魚不食 釣竿只釣立蜻蜓

子愷

蟹

　　一个穿白衣服的人手里拿着一只空盆子，口里喊着"客人吃饭，客人吃饭"，摇摇摆摆地走过三等车厢。他的衣服和盆子，他的喊声和步态，都富有广告色彩。我似觉走来的不是一个人，而是一个活的 mannequin（做广告用的人体模型）。

　　摸出时表一看，六点还差五分，是吃夜饭的时候了。本来，我在火车里不吃饭。因为他们弄的都是荤腥，我不要吃。曾经有一次，一个 mannequin 对我说，他们也会弄素的菜炒饭。但他拿来的是猪油炒的生菜和饭，我闻到气息就要反胃。幸而有同乘的朋友包办去了，没有兴起交涉，也没有暴殄天物。此后我在火车里抱不吃饭主义。这一次，看见同车厢中有人吃牛

奶和土司,不免口角生津。等那 mannequin 再走过时,我就照样地定了一杯牛奶和一客土司。

不久货就送到:一只盆子里盛着两片土司,一只有盖、有底、有环的瓷杯里盛着牛奶,杯旁放着四块方糖。我把三块糖放入牛奶中,用匙一搅,觉得底上有沉淀物。捞起一看,原来是未溶水的炼乳。我觉得有些糟。因为我怕甜,平日用糖三块为度。炼乳是含有多量的糖分的,又放进了三块方糖,这杯牛奶不知甜到什么地步了。然而糖已放入,就同覆水一样难收;人生多苦,今天甜他一甜吧。这样一想,也就不觉得糟。

土司是抹好奶油的,倒很便利。我就先吃土司。预备吃完了土司再吃牛奶。

对座是一位三四十岁的男客。从他的相貌、服装和举止上观察,我猜想他是一个商人。额上的头发生得很低,好似戴着便帽。眼睛生得很紧,两眼之间大约只有一个铜板的地位,而且这铜板须得是一分法币。脸的下部有特别丰满的筋肉,保护着一张健全的嘴。脸皮特别红润而光洁,可想见它是常常被使用着的。他的衣服很楚楚,淡蓝色哔叽袍子上罩着元色直贡呢背心，大小长短都相称。两只袖口好像两圈盘香，从淡蓝色的袍子的袖圈到雪白的绒衬衫的袖圈，由外而内，由大而小，渐层地排列着，非常整齐，毫无参差。他的举止很审慎，上了车，先把一笼蟹仔细地放在靠窗的小几的下面，然后用报纸将椅子一揩，再撩起后面的衣裾，用袍子的里子贴切了椅子而坐下去。他把脚适当地靠着在蟹笼的一边，其用意仿佛是防备蟹笼万一被窃，则他虽不看见，也可由脚感知。这样地坐好了，然后用手摸摸车窗下的小几，放心地把右肘搁在小几上，展开一份《新闻报》，热心地"读"。虽在车轮轧轧声中，他的读报声也能时时传送到我的耳朵里来。

　　我饮了几口牛奶，正在眺望窗外，嚼着最后一口土司的时候，忽然听见眼前"仓啷"一响。收回视线，但见牛奶泛滥在小几上，一只瓷杯和一个盖在小几上滚，将要超越几边的凸线而滚到地板上去，被我立刻扶持了，没有落地。然而牛奶已经淋漓尽致，湿了我的香烟盒子和自来火和一册英译《阿Q正传》还不够，又沛然莫之能御地流下去，滴在对座客人的衣裾上，和小几下的蟹笼上。推翻这杯牛奶的动力，来自对座客人的右肘，而对座客人的右肘的动力，则来自一只黄蜂。它不

知为了什么原因,忽然钻进火车的窗来,停在对座客人的拿着《新闻报》的右手上。虽是这样小小的一个虫,但因身上带着凶器,使我这位谨慎仔细的对座客人也不免惊慌起来,顾不得牛奶或羊奶,右手用力一闪,右肘便把我的牛奶推翻了。但也许他因为热衷于读报,没有知道我有牛奶放在小几上。倘使知道,则牛奶事大,未有不谨防推翻者。我虽未便预先通知他"我有牛奶,请君小心",但他因为不知而误将牛奶推翻,况且由于闪避黄蜂的袭击,我对他也有几分同情和抱歉。当他仓皇起立,助我扶持瓷杯,涨红着脸勉强作笑,说着"还好,还好,真对不起了!"的时候,我就说:"不要紧,不要紧,但你的衣裾弄脏了!"他看看衣裾,眉头一蹙;但好像忽然觉悟了比弄脏衣裾更大的事情,又立刻对我说:"我喊他再弄一杯牛奶!"我老实说:"不必不必,这牛奶太甜,我本来不大要吃,倒翻算了。"他周章了一会,继续又说:"那么等一会归我付钞。"我又老实说:"这牛奶我已饮过几口,怎么要你付钞?想法揩揩你的衣裾吧。"这时候那黄蜂不管自己闯祸,还在座间翱翔。它大约是闻得牛奶的气味太香,因此不顾犯罪,恋恋不去。我的对座客连说了许多"对不起",就用《新闻报》当作扇子，死命地打扑黄蜂，同时口中谩骂起来："娘杀的，还要来？！……"骂得很凶，打扑得很用力。似乎把怪怨我吃牛奶，责备自己不小心，痛惜衣服弄脏等种种愤懑，统统在这谩骂和打扑中发泄了。然而那黄蜂如同不听见一样，管自在车厢里飞来飞去，不肯飞出窗去。它反正是免票乘车的，多乘一站毫无问题。最后它向前面的客座飞去，我的对座客也不再追击。只要我们这里没有黄蜂为害，就同全车厢没有黄蜂为害一样了。他放心地坐下来，开始揩他的衣裾。同时穿白衣服的mannequin又来了，我还了他钱，又叫他揩拭小几。

对座的客人揩好了衣裾，向小儿下拉出蟹笼来，用报纸揩拭笼上的牛奶，笑着对我说："两只蟹交运，牛奶吃饱了！"我也笑着，把他的话反复了一遍。但觉得太枯燥，不免随便谈谈："这两只蟹倒很大的。几钱一只？"他说："讲分量的，×分钱一两。"我想："世间无论何事，无经验而要扮假内行是不行的。区区买蟹一事，教我这全无买蟹经验的素食者谈起来就做笑话。原来蟹有大小轻重，不比牛奶可以规定几钱一杯，土司可以规定几钱一客。我今问他几钱一只，显然是外行的话。而且他不曾知道我是素食者，听了我这句孩子

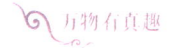

气的问话一定在心中窃笑了。当此秋光正好的黄花时节,人们的胃口正开,这几天谁不在那里要蟹的命?谁不关心于蟹的市价?像我这样的问话实在太不像样了。"然而话已说出,也同覆水一般难收。我接着说:"啊,讲分量的,×分一两,还算便宜的吗?"我不敢再扮内行品评价钱的贵贱,所以接着讲了这句不着边际的问话。他把蟹笼提到我眼前,指着说:"你看,只只是雌蟹,又大又肥,×分一两是很便宜的。我直接向簖上买,比向市上买便宜的多。而且这簖上的人又是熟识的,所以格外便宜。"他非常得意地收回笼子,正要上盖,突然勇敢地对我说:

"我送你两只蟹。"他就伸手到笼里来捉。

"不,不,你自己带回去,我不吃的。"我连忙阻止他。

"蟹哪里不吃?我一定送你两只。"他说着就找绳子。

"我真不吃,我吃素的,请你不必客气吧。"

"吃素的?"他愣了一愣,忽然又高声笑着叫道,"你吃牛奶的!还说吃素?我送你,我送你!"说着,毅然决然地伸手捉蟹了。

"牛奶是素的,但蟹是荤的。"

PART3 万物有灵且美

"哪里？牛奶是素的，蟹也是素的，你吃，你吃！"

"我真不吃，请你一定不要送我。你的好意领谢了。"

"哪里的话？我把你的牛奶倒翻了，还有什么好意？我一定送你。"他把一只很大的蟹用绳缚牢，再捉一只同样大小的重叠在它身上，用余多的绳再缚，同时口里反复地说："我一定送你，我一定送你。"

我感到一种不快：他把牛奶当作荤的，我颇想辩解，并且告诉他我的长年吃素的经历。然而那人头脑简单，态度顽强，辩解不会有效；况且交浅言深，告诉他也有些不配。他说蟹也是素的，明明是开玩笑，诬我说谎，我觉得有些冤枉。但我即使骗他，他即使冤枉我，都是出于好意的，我又何必认真。还是付之一笑，试再向他婉谢吧。

"请你一定不要送我！我真是不吃蟹的。"我站起来说。

"我一定送你，我一定送你！"他如同不听见我的话一样，管自把缚好的两只蟹挂在我的窗边的帽钩子上了，然后缚他自己的蟹笼。风吹进窗，把蟹嘴上的泡沫吹散下来，好似许多小小的肥皂泡，落在我身上。这时候，我的不快变成了好笑：被人损坏了物质拒绝赔偿，别人不受报时硬要回报，我们这两个

真像君子之徒，羲皇上人，同这车厢里的社会对比之下，实在迂腐得可笑。

"唉！那么难为你了，谢谢！"我受了蟹。

"不值钱的！这东西在杭州、上海买，就很贵；但我们在本乡买，价钱便宜，货色又好。尊姓？"自从打翻牛奶以后，他的脸很不自然，直到送掉了两只蟹，方始恢复元气。这时候他意气轩昂，眉飞色舞地同我攀谈起来。尊姓大名，贵府舍间，宝号敝业……一直谈到他的目的地，"再见，再见！"

不久，我也到了我的目的地。我提着两只蟹回寓，就把绳子解开，放它们在庭中的池塘里。以后每天朝晨我在池塘上小立，看见蟹在蕴藻间匐行的时候，必然回想起当日火车中的情形，对着池塘独笑。

杨柳

因为我的画中多杨柳，就有人说我喜欢杨柳；因为有人说我喜欢杨柳，我似觉自己真与杨柳有缘。但我也曾问心，为什么喜欢杨柳？到底与杨柳树有什么深缘？其答案了不可得。

原来这完全是偶然的：昔年我住在白马湖上，看见人们在湖边种柳，我向他们讨了一小株，种在寓屋的墙角里。因此给这屋取名为"小杨柳屋"，因此常取见惯的杨柳为画材，因此就有人说我喜欢杨柳，因此我自己似觉与杨柳有缘。假如当时人们在湖边种荆棘，也许我会给屋取名为"小荆棘屋"，而专画荆棘，成为与荆棘有缘，亦未可知。天下事往往如此。

但假如我存心要和杨柳结缘，就不说上面的话，而可以附会种种的理由上去。或者说我爱它的鹅黄嫩绿，或者说我爱它的如醉如舞，或者说我爱它像小蛮的腰，或者说我爱它是陶渊明的宅边所种，或者还可引援"客舍青青"的诗，"树犹如此"的话，以及"王恭之貌""张绪之神"等种种古典来，作为自己爱柳的理由。即使要找三百个冠冕堂皇、高雅深刻的理由，也是很容易的。天下事又往往如此。

也许我曾经对人说过"我爱杨柳"的话，但这话也是随缘的。仿佛我偶然买一双黑袜穿在脚上，逢人问我"为什么穿黑袜"时，就对他说"我喜欢穿黑袜"一样。实际，我向来对于花木无所爱好；即有之，亦无所执着。这是因为我生长穷乡，只见桑麻、禾黍、烟片、棉花、小麦、大豆，不曾亲近过万花如绣的园林。只在几本旧书里看见过"紫薇""红杏""芍药""牡丹"等美丽的名称，但难得亲近这等名称的所有者。并非完全没有见过，只因见时它们往往使我失望，不相信这便是曾对紫薇郎的紫薇花，曾使尚书出名的红杏，曾傍美人醉卧的芍药，或者象征富贵的牡丹。我觉得它们也只是植物中的几种，不过少见而名贵些，实在也没有什么特别可爱的地方，似

乎不配在诗词中那样地受人称赞，更不配在花木中占据那样高尚的地位。因此我似觉诗词中所赞叹的名花是另外一种，不是我现在所看见的这种植物。我也曾偶游富丽的花园，但终于不曾见过十足地配称"万花如绣"的景象。

假如我现在要赞美一种植物，我仍是要赞美杨柳。但这与前缘无关，只是我这几天的所感，一时兴到，随便谈谈，也不会像信仰宗教或崇拜主义地毕生皈依它。为的是昨日天气佳，埋头写作到傍晚，不免走到西湖边的长椅子里去坐了一会。看见湖岸的杨柳树上，好像挂着几万串嫩绿的珠子，在温暖的春风中飘来飘去，飘出许多弯度微微的Ｓ线来，觉得这一种植物实在美丽可爱，非赞它一下不可。

听人说，这种植物是最贱的。剪一根枝条来插在地上，它也会活起来，后来变成一株大杨柳树。它不需要高贵的肥料或工深的壅培，只要有阳光、泥土和水，便会生活，而且生得非常强健而美丽。牡丹花要吃猪肚肠，葡萄藤要吃肉汤，许多花木要吃豆饼，杨柳树不要吃人家的东西，因此人们说它是"贱"的。大概"贵"是要吃的意思。越要吃得多，越要吃得好，就是越"贵"。吃得很多很好而没有用处，只供观赏的，似乎更贵。例如牡丹比葡萄贵，是为了牡丹吃了猪肚肠一无用处，而葡萄吃了肉汤有结果的缘故。杨柳不要吃人的东西，且有木材供人用，因此被人看作"贱"的。

我赞杨柳美丽，但其美与牡丹不同，与别的一切花木都不同。杨柳的主要的美点，是其下垂。花木大都是向上发展的，红杏能长到"出墙"，古木能长到"参天"。向上原是好的，但我往往看见枝叶花果蒸蒸日上，似乎忘记了下面的根，觉得可恶！你们是靠它养活的，怎么只管高踞在上面，绝不理睬它呢？你们的生命建设在它上面，怎么只管贪图自己的光荣，而绝不回顾处在泥土中的根本呢？花木大都如此。甚至下面的根已经被斫，而上面的花叶还是欣欣向荣，在那里作最后一刻的威福，真是可恶而又可怜！

杨柳没有这般可恶可怜的样子：它不是不会向上生长。它长得很快，而且很高；但是越长得高，越垂得低。千万条陌头细柳，条条不忘记根本，常常俯首顾着下面，时时借了春风之力而向处在泥土中的根本拜舞，或者和它亲吻，好像一群活泼的孩子环绕着他们的慈母而游戏，而时时依傍到慈母的身旁去，或者扑进慈母的怀里去，使人见了觉得非常可爱。杨柳树

也有高出墙头的，但我不嫌它高，为了它高而能下，为了它高而不忘本。

自古以来，诗文常以杨柳为春的一种主要题材。写春景曰"万树垂杨"，写春色曰"陌头杨柳"，或竟称春天为"柳条春"。我以为这并非仅为杨柳当春抽条的缘故，实因其树有一种特殊的姿态，与和平美丽的春光十分调和的缘故。这种特殊的姿态，便是"下垂"。不然，当春发芽的树木不知凡几，何以专让柳条作春的主人呢？只为别的树木都凭仗了春的势力而拼命向上，一味求高，忘记了自己的根本，其贪婪之相不合于春的精神。最能象征春的神意的，只有垂杨。

这是我昨天看了西湖边上的杨柳而一时兴起的感想。但我所赞美的不仅是西湖上的杨柳。在这几天的春光之下，乡村到处的杨柳都有这般可赞美的姿态。西湖似乎太高贵了，反而不适于栽植这种"贱"的垂杨呢。

初步[1]

徐妈提着一大篮黄矮菜,两只小脚在天井里的石板上"嘀嘀嗒嗒"地敲进来,嘴里喊着:"小客人来了!"我和弟弟并不问她,赛跑似的赶到门口。但见河埠上停着一只赤膊船,船里坐着雪姑母,雪姑母手里抱着镇东。茂春姑夫蹲在岸上,正在把船缆缚到凉棚柱脚上去。我们齐喊:"镇东!镇东!"镇东两只手用力撑住雪姑母的下巴,拼命想从她身上爬下来,并不理睬我们。雪姑母两手抱住他,仰起头,代替他答应:"喂!逢春姐姐!喂!如金哥哥!"说最后两字时,嘴巴被镇东的手盖住了,发音好像"如金妈妈"!岸上的人大家笑起来。雪姑

---

[1] 本篇曾载1936年3月10日《新少年》第1卷第5期。——编者注

PART3 万物有灵且美

母就在笑声中上了岸。

我还记得,镇东是前年"九一八"出世的。当时茂春姑夫来报告我们,笑嘻嘻地说:"倒养个团团。"又说:"娘舅给毛头起个名字吧。"后来爸爸就在一张红纸上写"蒋镇东"三个大字,上面又横写"长命康强"四个小字,和产汤一同送去。这好像还是昨天的事,谁知镇东已长得这么大了。当雪姑母擒了他走进我家时,他不绝地想爬下来,使得雪姑母几乎擒拿不住。到了堂前,雪姑母把他放在方砖地上,说:"让你去爬吧!娘舅家的地上比乡下人家的桌子还干净呢。"接着又对姆妈说:"'爬还爬不动,想走',就是他!他在家里只管在泥地上爬,拾了鸡粪当荸荠吃的!"说得大家又笑起来。姆妈走过去抱了他,教他坐在膝上。我们大家围拢去同他玩笑。

镇东"叫名三岁",其实只有一岁半。他不像城市里的小孩子一般怕陌生人。好久不到我家,一到就同我们熟识。雪姑母教他叫人,"娘舅""舅妈"他都会叫,而且叫时声音响亮,脸上带着笑容,非常可爱。雪姑母说他到别处去没有这样乖。姆妈说到底是外婆家,外婆家原同自家一样。爸爸却说:"一半也是长在乡下的原故。乡下的环境比城市好得多呢。"

他伸手捏捏镇东的小腿,又摸摸他的圆肥而带紫铜色的小脸,咬紧了牙齿说:"你看!一股健康美!定要有这样的好体格,将来才能'镇东'呀!"又握他的小手,笑着对他说:"将来你去'镇东',不要忘记啊!"镇东吃吃地笑。

镇东在姆妈身上坐得不耐烦了,又开始要爬起来。爸爸退后几步,张开两臂蹲在地上,对姆妈说:"不要给他爬,让他学学步看。来!你放他走过来。"姆妈扶他站定在地上,说着:"镇东乖乖,走到娘舅那里去!"镇东高兴得很,看着爸爸笑,同时慢慢地摆稳他的步位来。姆妈一放手,他居然摇摇摆摆地跑到了爸爸的怀里。堂前一阵欢呼。爸爸立刻抱住他,站起身来,用手拍他的背。他把圆圆的小脸偎在爸爸的肩上,吃吃地笑,表示成功的欢喜。

这般可爱的光景,我们似觉曾在什么地方看见过,一时记不起来。正在回想,弟弟对我说了:"姐姐,刚才的样子,活像华明房间里挂着那张画里的光景呢!不过不在野外而在屋里。"我恍然大悟,抢着说:"不错,不错,米叶(米勒)的《初步》,叶心哥哥的画帖里也有一张的。"弟弟说:"我们要他再做一遍,教爸爸拍一张照,好不好?"我说:"好。"

于是我们一同要求爸爸，爸爸立刻赞成，叫我就到楼上去拿照相机。继又阻止我，踌躇地说："在什么地方照呢？先想好了'构图'再说。"弟弟断然地说："到后墙圈里，篱笆外面，槐树底下，鸡棚边，照出来就同那张画一样。"爸爸笑着点点头，就同我们去看地方。这时候姆妈正摆好了糕茶盆子，请茂春姑夫、雪姑母和镇东吃茶点。弟弟回头对镇东说："你多吃点糕糕，吃好了糕糕，我们同你拍照！"

爸爸叫我和弟弟二人装出人物的姿势来，从远处望望，又踌躇地说："米叶的构图，我记得是很好的。不知人物怎样布置？可惜找不到那张画来参考。"弟弟说："华明有，我去借。"拔起脚来就走。爸爸喊他不住，让他去了。过了一会，弟弟气喘喘地夹了画框回来，后头跟着华明。华明对爸爸说："柳先生！你们要照美术的《初步》？"我们大家笑起来。弟弟教他："不是'美术'，是米叶！我们这里今天来了一个挨霞，《阳光底下的房子》里的挨霞，你认识么？我们要照你这张画的样子给他拍个照。"说着，把画框递给爸爸，就拉华明到屋里去看镇东。爸爸看了那画，欢喜地对我说："没有这样

巧的！我们的篱笆和树的位置，正同画里一样。要算^①那个鸡棚，恰巧代替了画里的小车。假如没有这个，左边太轻，构图就不稳了。好！我们完全模仿它。你去拿照相机吧。"

我拿了照相机回来时，茂春姑夫、雪姑母、镇东、华明、弟弟和姆妈，都已来到。爸爸叫弟弟逗着镇东玩耍，单请茂春姑夫和雪姑母先来演习。他在镜箱后面的毛玻璃上仔细审察，校正他们的姿势和位置。确定之后，就叫我抱镇东到雪姑母身边去，叫她扶着。镇东全不知道要被拍照，张着两只小臂，吃吃地笑，跃跃欲试，比前次更加高兴，样子也更加可爱了。雪姑母和茂春姑夫却拘束起来。雪姑母仓皇地叫："等一等照！我的衣裳没有扯挺，我的头发恐怕蓬着呢！"爸爸说："还未照呢，现在先试做一遍看。真果要照时我会通知你们的！"于是大家放心，很自然地演习起来。雪姑母摆开步位，弯着腰，提着镇东的两腋，一面笑，一面说："团团走，团团走，走到爸爸那去！"茂春姑夫跪下左膝，伸出一双大手，起劲地大喊："团团来，镇东来。"正在这时候，照相镜头上"嘀"地一响，爸爸叫道："好，好！照好了！"雪姑母呆了一会，后来说：

---

① 要算，作者家乡方言，意即尤其值得一提的是。——编者注

PART3　万物有灵且美

"上了你的当，我全然不得知呢！"爸爸笑着回答她道："不得知才好呢！得知了照出来一定不自然的。"说着就拿了照相机回进屋里去。我们大家留在墙圈里玩耍。我扶着镇东走路，弄皮球，捉猫，拾鸡蛋。弟弟却和华明两人坐在石凳上谈个不休。我听见华明说："'得知了照出来一定不自然'，倒是真的。他们起初的样子，一点也没神气。后来就活泼起来，活像我那幅画里的人了。"弟弟说："你那种月份牌的画，大都是不自然的，没有神气的，你为什么欢喜它们？"华明想了一会，点点头说："呃，倒是真的。"他拿起那画框来，看了一会，自言自语地说："这个好，这个好。"又说："你们不要用了？我带回去挂着吧。"说过，就夹了画框告辞。姆妈说快吃饭了，我们大家就回进屋里。

邻人

前年我曾画了这样的一幅画：两间相邻的都市式的住家楼屋，前楼外面是走廊和栏杆。栏杆交界之处，装着一把很大的铁条制的扇骨。仿佛一个大车轮，半个埋在两屋交界的墙里，半个露出在檐下。两屋的栏杆内各有一个男子，隔着那铁扇骨一坐一立，各不相干。画题叫做"邻人"。

这是我从上海回江湾时，在天通庵附近所见的实景。这铁扇骨每根头上尖锐，好像一把枪。这是预防邻人的逾墙而设的。若在邻人面前，可说这是预防窃贼蔓延而设的。譬如一个窃贼钻进了张家的楼上，界墙外有了这把尖头的铁扇骨，他就无法逾墙到隔壁的李家去行窃。但在五方杂处，良莠不齐的上海地方，它的作用一半原可说是防邻人的。住在上海的人有些儿太古风，"打牌猜拳之声相闻，至老死不相往来"。这样，邻人的身家性行全不知道，这铁扇骨的防备原是必要的了。

我经过天通庵的时候，觉得眼前一片形形色色的都市的光景中，这把铁扇骨最为触目惊心。这是人类社会的丑恶的最具体最明显最庞大的表象。人类社会的设备中，像法律、刑罚等，都是为了防范人的罪恶而设的；但那种都不显露形迹。从社会的表面上看，我们只见锦绣河山，衣冠文物之邦，一时不会想到其间包藏着人类的种种丑恶。又如城、郭、门、墙，也是为防盗贼而设的。这虽然是具体而又庞大的东西，但形状还文雅，暗藏。我们看了似觉这是与山岭、树木等同类的东西，不会明显地想见人类中的盗贼。更进一步，例如锁，具体而明显地表示着人类互相防范的用意，可说是人类的丑恶的证据，羞耻的象征了。但它的形象太小，不容易使人注意；用处太多，混迹在箱笼门窗的装饰纹样中，看惯了一时还不容易使人明显地联想到偷窃。只有那把铁扇骨，又具体，又明显，又庞大地表出着它的用意，赤裸裸地宣示着人类的丑恶与羞耻。所以我每次经过天通庵，这件东西总是强力地牵惹我的注意，

使我发生种种的感想。造物主赋人类以最高的智慧，使他们做了万物之灵，而建设这庄严灿烂的世界。在自称文明进步的今日，假如造物主降临世间，一一地检点人类的建设，看到锁和那把铁扇骨而查问它们的用途与来历时，人类的回答将何以为颜？对称的形状，均齐的角度，秀美的曲线，是人类文化上最上乘的艺术的样式，把这等样式应用在建筑上，家具上，汽车上，飞机上，原足以夸耀现代人生活的进步；但应用在锁和这铁扇骨上，真有些儿可惜。上海的五金店里，陈列着各式各样的"四不灵"锁。有德国制的，有美国制的；有几块钱一把的，有几十块钱一把的；有方的，有圆的，有作各种玲珑的形状的。工料都很精，形式都很美，好像一种徽章。这确是一种徽章，这是人类的丑恶与羞耻的徽章！人类似嫌这种徽章太小，所以又在屋上装起很大的铁扇骨来，以表扬其羞耻。使人一见可就想起世间有着须用这大铁扇骨来防御的人，以及这种人的产生的原因。

我在画上题了"邻人"两字，联想起了"肯与邻翁相对饮，隔篱呼取尽余杯"的诗句。虽然自己不喝酒，但想象诗句所咏的那种生活，悠然神往，几乎把画中的铁扇骨误认为篱了。

买得晨鸡共鸡语，常时不用等闲啼，深山月黑风雨夜，欲近晓天啼一声。

花纸儿[1]

华明在庭中的雪地里小便,他父亲——华先生——罚他在家里读书。弟弟同情于华明的受罚,早就对我说,想和我一同去望望他。但他因为那天冒雪到外婆家走了一趟,得了重伤风,母亲不许他出门。今天他好全了,才同我去看华明。

我们出门时,母亲吩咐我说:"逢春,今天是阴历元旦。虽然阴历已被废了[2],但我们乡下旧习未除。倘使华先生家正在招待贺年的客人,你们应该早早告辞,不要也在那里扰闹他们。"我答应了,就同弟弟出门。

---

[1] 本篇曾载 1936 年 2 月 10 日《新少年》第 1 卷第 3 期。——编者注
[2] 当时曾一度废除阴历,提倡阳历。——编者注

PART3　万物有灵且美

弟弟不走近路，却走庙弄，穿过元帅庙，绕道向华家。我知道他想看看阴历元旦市上的热闹。我们穿过庙弄时，看见许多店都关门，门前摆着些吃食担、花纸摊、玩具摊。路上挤着许多穿新衣服的乡下人，男女老幼都有。他们一面推着背慢慢地走，一面仰头看摊上的花样。我但见红红绿绿的衣裳，和红红绿绿的花纸玩具一样刺目，觉得真是难得见到的景象。到了庙里，又见一堆一堆的人，有的在看戏法，有的在看"洋画"。弟弟奇怪起来，问我："他们这种事体为什么不提早一个多月，在国历元旦举行？难道这种事体一定要在今天做的？"我说："'旧习未除'，母亲刚才不是说过的么？"弟弟凶起来："什么叫'旧习'？都是人做的事，人自己要改早，有什么困难？"我不同他辩了。心中但想：倘使中国的人个个同弟弟一样勇敢而守规律，我们的国耻不难立刻雪尽，我们的失地不难立刻收回，何况阴历改阳历这点小事呢？眼前这许多大人，我想都是从弟弟一样的孩子长大来的，为什么大家都顽固而不守规律呢？心中觉得很奇怪。一边想，一边走，不觉已到了华家的门前。

走进门，华师母笑着迎接我们，叫我们坐。随后喊道："明

儿！你的好朋友来了！"华明从内室出来，见了我们，便笑着邀我们到里面去坐。他的下唇上涂着许多黑墨，证明他今天早上已经习过字了。我们走进他的房间，弟弟便问："华明，你这样用功，一早就写字？"华明摇摇头，管自说道："你们来得很好，我气闷得很，正想有朋友来谈谈。"就拉我们到他的书桌旁去坐，自己却匆匆地出去了。我看见他的房间小而精。除桌椅和书橱外，壁上妥帖地挂着两张画，和一条字的横幅。其中一幅画是印刷的西洋画，我记得曾在叶心哥哥的画册中看见过，是法国画家米叶（米勒）作的《初步》，里面画着农家的父母二人正在教一孩子学步。还有一幅水彩画的雪景，我看出是华先生所描的。横幅中写着笔画很粗的四个字："美以润心。"旁边还有些小字。我正在同弟弟鉴赏，华明端了茶和糖果进来，随手将门关上，然后把茶和糖果分送我们吃。

使我惊奇的，他的门背后挂着一张时装美女月份牌——华先生所最不欢喜的东西。这东西与其他的字画很不调和。弟弟就质问华明。华明高兴地说："你看这月份牌多么漂亮！可是我的爸爸不欢喜它，不许我挂。他强迫我挂这些我所不欢喜的东西（他用手指点壁上的《初步》《雪景》和《美以润心》），

于是我只得把它挂在门背后，不让他看见。我还有好的挂在橱门背后呢！"他说着就立起身来，走到书橱边，把橱门一开。我们看见橱门背后也挂着一张月份牌，内中画的是一个古装美人，色彩是非常华丽的。弟弟说："你老是欢喜这种华丽的东西。"华明说："华丽不是很好的么？把这个同墙上的东西比比看，这个好看得多呢。我爸爸的话，我实在不赞成。他老是欢喜那种粗率的、糊里糊涂的画，破碎的、歪来歪去的字，和一点也不好看的风景，我真不懂。那一天，我在雪地里小便了一下，他就大骂我，说什么'不爱自然美''没有美的修养''白白地学了美术科'……后来要我在寒假里每天写大字，并且叫姆妈到你家借书来罚我看。我那天的行为，自己也知道不对。但我心里想，雪有什么可爱？冰冷的，潮湿的，又不是可吃的米粉。何必这样严重地骂我，又罚我。我天天写字，很没趣。字只要看得清楚就好，何必费许多时间练习？至于那本书，《阳光底下的房子》，我也看不出什么兴味来，不过每天勉强读几页。"于是我问他："那么你这几天住在屋里做些什么呢？"他说："我今天正在算一个问题。这是很有兴味的一个问题。你知道一个一个地加上去，加满一个十三档算盘，需要多少时

PART3 万物有灵且美

光?"我们想了一会,都说不出答案来。最后弟弟说:"怕要好几个月吧?"他说:"好几个月?要好几万年呢!这不是一个很有兴味的问题么?"他忽然改变了口气说:"我还有很好看的画呢!"说着,掀起他的桌毯,抽开抽斗,拿出一卷花纸儿来。一张一张地给我们看,同时说:"这是昨夜才买来的。我爸爸又不欢喜它们,所以我把它们藏在抽斗里。"

我们一看就知道这就是刚才我们在庙弄里所见的东西。因为难得看见,我们也觉得很有兴味。华明便津津有味地指点给我们看。他所买的花纸儿很多。有《三百六十行》《吸鸦片》《杀子报》《马浪荡》等,都是连续画,把一个故事分作数幕,每幕画一幅,顺次展进,好像电影一般。还有满幅画一出戏剧的,什么《水战芦花荡》《会审玉堂春》等,统是戏台上的光景。我看了前者觉得可笑。因为人物的姿态,大都描得奇形怪状。看了后者觉得奇怪。许多人手拿桨儿跟着一个大将站在地上,算是"水战",完全是舞台上的光景的照样描写。这到底算戏剧,还是算绘画?总之这些画全靠有着红红绿绿的颜色,使人一见似觉华丽。倘没有了颜色,我看比我们的练习画还不如呢。华明如此欢喜它们,我真不懂。弟弟看了,笑得说不出话来。

华明以为他欢喜它们,就说送他几张,教弟弟自选。弟弟推辞,华明强请。我说:"既然你客气,我代他选一张吧。"便把没有大红大绿而颜色文雅的一张拿了。华明说:"这是二十四孝图,共有两张呢。"就另外检出一张来,一同送给我。这时候,我听见外室有客人来,华师母正在应接。我和弟弟便起身告辞。华明说抽斗里还有许多香烟牌子,要我们看了去。我们说下次再看吧。

回到家里,母亲把二十四孝图中的故事一个一个讲给我们听。我觉得故事很好笑。像"陆绩怀橘遗亲",做了贼偷东西来给爷娘吃,也算是孝顺?母亲又指出三幅最可笑的图:"郭巨为母埋儿""王祥卧冰得鲤""吴猛恣蚊饱血"。她说:"陆绩为了孝而做贼,还在其次呢。像郭巨为了孝而杀人;王祥为了孝,不顾自己冻死、溺死;吴猛为了孝,不顾自己被蚊子咬死,才真是发疯了。"弟弟指着画图说:"这许多蚊子叮在身上,吴猛一定要生疟疾和传染病而死了!"母亲笑得抚他的肩,说道:"你大起来不要这样孝顺我吧!"我记得弟弟那天读了《新少年》创刊号的《文章展览》中的

《背影》①，很是感动，对我说："姐姐，我们将来切不要'聪明过分'！"我知道弟弟一定孝亲，但一定不是二十四孝中的人。

讲起华明，母亲说这个孩子太缺乏趣味，对于美术全然不懂。他的父亲倒是很好的美术教师，将来也许会感化他。

---

① 《背影》是现代散文家、诗人朱自清的一篇散文。——编者注

翡翠笛

"南北山头多墓田,清明祭扫各纷然。纸灰化作白蝴蝶,血泪染成红杜鹃。日落狐狸眠冢上,夜归儿女笑灯前。人生有酒须当醉,一点何曾到九泉!"从前姐姐读这首诗,我听得熟了。当时不知道什么意思,跟着姐姐信口唱,只觉得音节很好。今天在扫墓船里,又听见姐姐唱这首诗。我问明白了字句的意味,不觉好笑起来,对姐姐说:"这原来是咏清明扫墓的诗,今天唱,很合时宜,但我又觉得不合事理。我们每年清明上坟,不是向来当作一件乐事的么?我家的扫墓《竹枝词》中,有一首是'双双画桨荡轻波,一路春风笑语和。望见坟前堤岸上,松阴更比去年多'。多么快乐!怎么古人上坟会哭出'血泪'

来,直到上好坟回家,还要埋怨儿女在灯前笑呢?末后两句最可笑了,'人生有酒须当醉',人生难道是为吃酒的?酒醉糊涂,还算什么'人生'?我真不解这首诗的好处。"

爸爸在座,姐姐每逢理论总是不先说的。她看看我,又看看爸爸,仿佛在说:"你问爸爸!"爸爸懂得她的意思,自动地插嘴了:"中国古代诗人提倡吃酒,确是一种颓废的人生观。像你,现代的少年人,自然不能和他们同情的。但读诗不可过于拘泥事实,这首诗的末两句,也可看作咏叹人生无常,劝人及时努力的,却不可拘泥于酒。欢喜吃酒的说酒,欢喜做事的不妨把醉酒改作做事,例如说'人生有事须当做,一件何曾到九泉!'不很对么?"姐姐和我听了这两句诗,一齐笑起来。

爸爸继续说:"至于扫墓,原本是一件悲哀的事。凭吊死者,回忆永别的骨肉,哪里说得上快乐呢?设想坟上有个新冢,扫墓的不是要哭么?但我们的都是老坟,年年祭扫,如同去拜见祖宗一样,悲哀就化为孝敬,而转成欢乐了。尤其是你们,坟上的祖宗都是不曾见过面的,扫墓就同游春一般。这是人生无上的幸福啊!"我听了这话有些凛然。目前的光景被这凛然所衬托,愈加显得幸福了。

PART3　万物有灵且美

扫墓的船在一片油菜花旁的一枝桃花树下停泊了。爸爸、姆妈、姐姐和我，三大伯、三大妈和他家的四弟、六妹和工人阿四，大家纷纷上岸。大人们忙着搬桌椅，抬条箱，在坟前设祭。我们忙着看花，攀树，走田塍，折杨柳。他们点上了蜡烛，大声地喊："来拜揖！来拜揖！"我们才从各方集合拢来，到坟前行礼。墓地邻近有一块空地，上面覆着垂杨，三面围着豆花，底下铺着绿草，如像一只空着的大沙发，正在等我们去坐。我们不约而同地跑进去，席地而坐了。从附近走来参观扫墓的许多村人，站在草地旁看我们。他们的视线集中在姐姐身上。原来姐姐这次春假回家，穿着一身黄色的童子军装，不男不女的，惹人注意。我从衣袋里摸出口琴来吹，更吸引了远处的许多村姑。我又想起了我家的扫墓《竹枝词》："壶馐纷陈拜跪忙，闲来坐憩树荫凉。村姑三五来窥看，中有谁家新嫁娘。"所咏的就是目前的光景。

忽然听得背后发出一种声音，好像羊叫，衬着口琴的声音非常触耳。回头看见四弟坐在蚕豆花旁边，正在吹一管绿色的短笛。我收了口琴跑过去看，原来他的笛是用蚕豆梗做的：长约半尺多，上面有三五个孔，可用手指按出无腔的音调来。

我忙叫姐姐来看。四弟常跟三大妈住在乡下的外婆家,懂得这些自然的玩意儿。我和姐姐看了都很惊奇而且艳羡,觉得这比我们的口琴更有趣味。我们请教他这笛的制法,才知道这是用豌豆茎和蚕豆茎合制而成的。先拔起一枝蚕豆茎来,去根去梢去叶,只剩方柱形的一段。用指爪在这段上摘出三五个孔,即为笛声。再摘取豌豆茎的梢,约长一寸,把它插入方柱上端的孔中,笛就完成。吹的时候,用齿把豌豆茎咬一下,吹起来笛就发音。用指按笛身上各孔,就会吹出高低不同的种种音来。依照这方法,我和姐姐各自新制一管,吹起来果然都会响。可是各孔所发的音,像是音阶,却又似 do 非 do,似 re 非 re,不能吹奏歌曲。我的好奇心活跃了:"姐姐,这些洞的距离,必有一定的尺寸。我们随意乱摘,所以不成音阶。倘使我们知道了这尺寸,我们可以做一管发音正确的'豆梗笛',用以吹奏种种乐曲,不是很有趣么?"姐姐的好奇心同我一样活跃,说道:"不叫做豆梗笛,叫做'翡翠笛'。爸爸一定知道这些孔的尺寸。我们去问他。"

爸爸见了我们的翡翠笛,吃惊地叫道:"呀!蚕豆还没有结子,怎么你们拔了这许多豆梗!农人们辛苦地种着的!"

工人阿四从旁插嘴道:"不要紧,这蚕豆是我家的,让哥儿们拔些吧。"爸爸说:"虽然你们不要他们赔偿,他们应该爱护作物,不论是谁家的!"姐姐擎着她的翡翠笛对爸爸说:"我们不再采了。只因这里的音分别高低,但都不正确。不知怎样才能成一音阶,可以吹奏乐曲?"爸爸拿过翡翠笛来吹吹,就坐在草地上,兴味津津地研究起来。他已经被一种兴味所诱,浑忘了刚才所说的话,他的好奇心同我们一样地活跃了。大人们原来也是有孩子们的兴味,不过平时为别种东西所压迫,不容易显露罢了。我的爸爸常常自称"不失童心",今天的事很可证明他这句话了。

阿四采了一大把蚕豆梗来,说道:"这些都是不开花的,拔来给哥儿们做笛吧。反正不拔也不会结豆的。"姐姐接着说:"那很好了。不拔反要耗费肥料呢。"爸爸很安心,选一枝豆梗来,插上一个豌豆梗的叫子,然后在豆梗上摘一个洞,审察音的高低,一个一个地添摘出来,终于成了一个具有音阶七音的翡翠笛,居然能够吹个简单的乐曲。我们各选同样粗细的豆梗。依照了他的尺寸,各制一管翡翠笛,果然也都合于音阶,也能吹奏乐曲。我的好奇心愈加活跃了,捉住爸爸,问他:"这

距离有何定规？"

爸爸说："我也是偶然摘得正确的。不过这偶然并非完全凑巧，也根据着几分乐理。大凡吹动管中空气而发音的乐器，管愈长发音愈低，管愈短发音愈高。笛上开了一个洞，无异把管截断到洞的地方为止。故其洞愈近吹口，发音愈高，其洞愈近下端，发音愈低。箫和笛的制造原理就根据在此。刚才我先把没有洞的豆梗吹一吹，假定它是 do 字。然后任意摘一个洞，吹一下看，恰巧是 re 字。于是保住相当的距离，顺次向吹口方向摘六个洞，就大体合于音阶上的七音了。吹的时候，六个洞全部按住为 do，下端开放一个为 re，开放二个为 mi……尽行开放为 si。这是管乐器制造的原理。我这管可说是原始的管乐器了。弦乐器的制造原理也是如此，不过空管换了弦线。弦线愈长，发音愈低，弦线愈短，发音愈高。口琴风琴上的簧也是如此：簧愈长，发音愈低，簧愈短，发音愈高。但同时管的大小，弦的粗细，簧的厚薄，也与音的高低有关。愈大，愈粗，愈厚，发音愈低，反之发音愈高。关于这事的精确的乐理，《开明音乐讲义》中'音阶的构成'一章里详说着。我现在所说的不过是其大概罢了。"

"大概"也够用了,我们利用余多的豆梗照这"大概"制了种种的翡翠笛。其中有两枝,比较的最正确,简直同竹笛一样。扫墓既毕,我们把这两枝翡翠笛放在条箱里,带回家去。晚上拿出来看,笛身已经枯萎了。爸爸见了这枯萎的翡翠笛,感慨地说:"这也是人生无常的象征啊!"

清晨闻叩门 倒裳往自开

竹影

吃过晚饭后,天气还是闷热。窗子完全打开了,房间里还坐不牢。太阳虽已落山,天还没有黑。一种幽暗的光弥漫在窗际,仿佛电影中的一幕。我和弟弟就搬了藤椅子,到屋后的院子里去乘凉。

天空好像一盏乏了油的灯,红光渐渐地减弱。我把眼睛守定西天看了一会儿,看见那光一跳一跳地沉下去,非常微细,但又非常迅速而不可挽救。正在看得出神,似觉眼梢头另有一种微光,渐渐地在那里强起来。回头一看,原来月亮已在东天的竹叶中间放出她的清光。院子里的光景已由暖色变成寒色,由长音阶变成短音阶了。门口一个黑影出现,好像一只立起的

青蛙,向我们跳将过来。来的是弟弟的同学华明。

"唉,你们惬意得很!这椅子给我坐的?"他不待我们回答,一屁股坐在藤椅上,剧烈地摇他的两脚。椅子背所靠的那根竹,跟了他的动作而发抖,上面的竹叶作出萧萧的声音来。这引起了三人的注意,大家仰起头来向天空看。月亮已经升得很高,隐在一丛竹叶中。竹叶的摇动把她切成许多不规则的小块,闪烁地映入我们的眼中。大家赞美了一番之后,我说:"我们今晚干些什么呢?"弟弟说:"我们谈天吧。我先有一个问题给你们猜,细看月亮光底下的人影,头上出烟气。这是什么道理?"我和华明都不相信,于是大家走出竹林外,蹲下来看水门汀上的人影。我看了好久,果然看见头上有一缕一缕的细烟,好像漫画里所描写的动怒的人。"是口里的热气吧?""是头上的汗水在那里蒸发吧?"大家蹲在地上争论了一会儿,没有解决。华明的注意力却转向了别处,他从身边摸出一枝半寸长的铅笔来,在水门汀上热心地描写自己的影。描好了,立起来一看,真像一只青蛙,他自己看了也要笑。徘徊之间,我们同时发现了映在水门汀上的竹叶的影子,同声地叫起来:"啊!好看啊!中国画!"华明就拿半寸长的铅笔去描。弟弟手痒起

PART3 万物有灵且美

来,连忙跑进屋里去拿铅笔。我学他的口头禅喊他:"对起,对起,给我也带一枝来!"不久他拿了一把木炭来分送我们。华明就收藏了他那半寸长的法宝,改用木炭来描。大家蹲下去,用木炭在水门汀上参参差差地描出许多竹叶来。一面谈着:"这一枝很像校长先生房间里的横幅呢!""这一丛很像我家堂前的立轴呢!""这是《芥子园画谱》里的!""这是吴昌硕的!"忽然一个大人的声音在我们头上慢慢地响出来:"这是管夫人的!"大家吃了一惊,立起身来,看见爸爸反背着手立在水门汀旁的草地上看我们描竹,他明明是来得很久了。华明难为情似的站了起来,把拿木炭的手藏在背后,似乎害怕爸爸责备他弄脏了我家的水门汀。爸爸似乎很理解他的意思,立刻对着他说道:"谁想出来的?这画法真好玩呢!我也来描几瓣看。"弟弟连忙拣木炭给他。爸爸也蹲在地上描竹叶了,这时候华明方才放心,我们也更加高兴,一边描,一边拿许多话问爸爸:

"管夫人是谁?""她是一位善于画竹的女画家。她的丈夫名叫赵子昂,是一位善于画马的男画家。他们是元朝人,是中国很有名的两大夫妻画家。"

"马的确难画,竹有什么难画呢?照我们现在这种描法,

万物有真趣

岂不很容易又很好看吗？""容易固然容易，但是这么'依样画葫芦'，终究缺乏画意，不过好玩罢了。画竹不是照真竹一样描，须经过选择和布置。画家选择竹的最好看的姿态，巧妙地布置在纸上，然后成为竹的名画。这选择和布置很困难，并不比画马容易。画马的困难在于马本身上，画竹的困难在于竹叶的结合上。粗看竹画，好像只是墨笔的乱撇，其实竹叶的方向、疏密、浓淡、肥瘦，以及集合的形体，都要讲究。所以在中国画法上，竹是一专门部分。平生专门研究画竹的画家也有。"

"竹为什么不用绿颜料来画，而常用墨笔来画呢？用绿颜料撇竹叶，不更像吗？""中国画不注重'像不像'，不像西洋画那样画得同真物一样。凡画一物，只要能表现出像我们闭目回想时所见的一种神气，就是佳作了。所以西洋画像照相，中国画像符号。符号只要用墨笔就够了。原来墨是很好的一种颜料，它是红黄蓝三原色等量混合而成的。故墨画中看似只有一色，其实包罗三原色，即包罗世界上所有的颜色。故墨画在中国画中是很高贵的一种画法。故用墨来画竹，是最正当的。倘然用了绿颜料，就因为太像实物，反而失却神气。所以中国

画家不喜欢用绿颜料画竹；反之，却喜欢用与绿相反的红色来画竹。这叫做'朱竹'，是用笔蘸了朱砂来撇的。你想，世界上哪有红色的竹？但这时候画家所描的，实在已经不是竹，而是竹的一种美的姿势，一种活的神气，所以不妨用红色来描。"爸爸说到这里，丢了手中的木炭，立起身来结束说："中国画大都如此。我们对中国画应该都取这样的看法。"

月亮渐渐升高了，竹影渐渐与地上描着的木炭线相分离，现出参差不齐的样子来，好像脱了版的印刷。夜渐深了，华明就告辞。"明天白天来看这地上描着的影子，一定更好看。但希望不要落雨，洗去了我们的'墨竹'，大家明天会！"他说着就出去了。我们送他出门。

我回到堂前，看见中堂挂着的立轴——吴昌硕描的墨竹，似觉更有意味。那些竹叶的方向、疏密、浓淡、肥瘦，以及集合的形体，似乎都有意义，表现着一种美的姿态，一种活的神气。

蛙鼓[1]

舅妈要生小弟弟了,姆妈到外婆家去做客,晚上也不回来。家里只剩我和爸爸两人。爸爸就叫我宿在他的房间里,睡在窗口的小床里。

今天天气很热,寒暑表的水银柱一直停留在八十七度上,不肯下降。爸爸点着蚊香,躺在床里看书。我关在小床里,又闷又热,辗转不能成寐。我叫爸爸:

"爸爸,我睡不着,要起来了。"

"现在已经十点钟了。再不睡,明天你怎能起早上学呢?"

"明天是星期日呀,爸爸!"

---

[1] 本篇曾载 1936 年 6 月 10 日《新少年》第 3 卷第 11 期。——编者注

"啊,我忘记了!那你起来乘乘凉再睡吧。我也热得睡不着,我们大家起来吧。"

我的爸爸最爱生活的趣味。他曾经说,我和姐姐未上学时,他的家庭生活趣味丰富得多,我和姐姐上学之后,虽然仍住在家,但日里到校,夜里自修,早眠早起,参与家庭生活的时机很少。这使得爸爸扫兴。去年姐姐到城里的中学去住宿了,家里只剩我一个孩子。而我又做学校的学生的时候多,做爸爸的儿子的时候少。爸爸的家庭生活愈加寂寥了。然而他的兴趣还是很高,每逢假期,常发起种种的家庭娱乐,不使它虚度过去。这些时候他口中常念着一句英语:Work while you work, play while you play!用以安慰或勉励他自己和我们。我最初不懂这句外国话的意思。后来姐姐入中学,学了英语,写信来告诉我,我才知道。姐姐说,每句第一个字要读得特别重,那么意思就是"工作时尽力地工作,游戏时尽情地游戏"。这时爸爸从床上起来,口里又念着这句话了:

"Work while you work, play while you play!现在是星期六晚上,天这样闷热,我们到野外去作夜游吧!"

"楼下长台脚边,还有两瓶汽水在那里呢!"这是我最关心的东西,就最先说了出来,"我们带到野外去喝吧!"

"这里还有饼干呢,今天外婆派人送来的,一同拿到野外去作夜'picnic'(郊游,野餐)吧!检出你的童子军干粮袋来,把汽水、枇杷统统放进去,你背在身上。汽水开刀不可忘记!"爸爸的兴趣不比我低。于是大家穿衣,爸爸拿了拐杖,我背了行囊,一同走下楼去。我向长台脚下摸出两瓶汽水,把它们塞进干粮袋里,就预备出门。

"轻轻地走,王老伯伯听见了要骂,不给我们出去的!"我走到庭心里,忘记了所伴着的是爸爸,不期地低声说出这样的话来。爸爸拉住我的手,吃吃地笑着,不说什么,只管向大门走。走到门房间相近,他忽然拉我立定,也低声说:"听!他们在奏音乐!"我立停了,倾耳而听,但闻门房间里响着最近唱过的《五月歌》。我跟着音乐,信口低唱起那首歌来:

愿得江水千寻,洗净五月恨。

愿得绿阴万顷,装点和平景。

雪我祖国耻,解我民生愠。

愿得猛士如云,协力守四境。

爸爸听了我唱的歌，很惊诧，低声地问："是谁奏乐？"我附着他的耳朵说："是王老伯伯拉胡琴，阿四吹笛。"爸爸更惊诧地说："我道他们只会奏《梅花三弄》和《孟姜女》的！原来他们也会奏这种歌！不知这歌哪里来的，谁教他们奏的。"我说："这是《开明唱歌教本》中的一曲，姐姐抄了从中学里寄给我。我借给华明看，华明借给他爸爸——华先生——看，华先生就教我们唱。前天我同华明在门房口唱这歌。王老伯伯问我唱的什么歌，我说唱的是爱国歌。外国人屡次欺侮我们，我们必须牢记在心。唱这歌，可以不忘国耻的。王老伯伯说他虽然是一个孤身穷老头子，听了街上的演讲，也气愤得很。他说我们好比同乘在一只大船里。外面有人要击沉我们的船，岂不是每人听了都气愤么？所以他也要来学这歌。他的音乐天才很高，听我唱了几遍，居然自己会在胡琴上拉奏，而把这旋律教给阿四，教他在笛上吹奏。如今他们两人会合奏了。"

爸爸听了我的话，默不作声，踏着脚尖走到门房间的窗边，在那里窥探。我跟着窥探。但见王老伯伯穿着一件夏布背心，坐在竹椅上拉胡琴。阿四也穿一件背心，把一脚搁在一堆杂物

上,扯长了嘴唇拼命吹笛。大家眼睛看着鼻头,一本正经地,样子很可笑,但又很可感佩。因为门房间里蚊子特别多,听见了奏乐声,一齐飞集拢来,叮在两人的赤裸裸的手臂上、小腿上和王老伯伯的光秃秃的头皮上。两人的手都忙着奏乐,无暇赶蚊,任它们乱叮。其意思仿佛是为了爱国,不惜牺牲身上的血了。

忽然曲终,两人相视一笑,各自放下乐器,向身上搔痒。这时候四周格外沉静,但闻蚊虫声嗡嗡如钟,隆隆如雷,充满室中。我不期地高声喊出:"王老伯伯和阿四合奏,蚊子也合奏!"

王老伯伯和阿四听见人声,走出门房间来。看见爸爸和我深夜走出来,吃了一惊。爸爸忍着笑对他们说:"天气太热,我们要到野外散散步,你们等着门,我们一会儿就转来的。"王老伯伯一边搔痒,一边举头看看天色,说:"不下雨才好。早些回来吧。"就把我们父子二人关出在门外了。

门外一个毛月亮照着一片大自然,处处黑魆魆的令人害怕。麦田里吹来一股香气,怪好闻的。我忽然想起了昨夜的话,说道:"爸爸,你昨夜教我一句苏东坡的好诗句,叫做'麦陇风来饼饵香'。现在我也闻到了,就是这种风的香气吧?"爸爸笑道:"对啊,对啊!你闻到了饼饵香,我就请你吃饼干吧。我们到那田角的石条上去吃。"

四周都是青蛙的叫声。近处的咯咯咯咯,远处的咕咕咕咕。合起来如风雨声,如潮水声。闭目静听,又好像千军万马奔腾而来的声音。我说:"门房间里有蚊子合奏,这里有青蛙合奏呢!"爸爸说:"蛙的鸣声真像合奏,所以古人称它为'蛙鼓'。不但其音色如鼓,仔细听起来,其一断一续,一强一弱,好像都有节奏。这是不愧称为合奏的。你听!……这好像一个大 orchestra 的合奏。你晓得什么叫做 orchestra?翻译做中国话,就是管弦乐队。你生长在乡下,还没有机会见过这种大合奏队。但无线电常常放送着。将来我们也去买一架收音机,你就可听见,虽然不能看见。合奏的种类甚多。两人也是合奏,三四人也是合奏。大起来,数十人、数百人的合奏也有——就是所谓 orchestra。但你要知道,刚才王老伯伯和阿四的花头,其实不能称为'合奏',只能称为'齐奏'。因为合奏不但是许多乐器的共演,同时又是许多旋律的共进。许多旋律各不相

同,而互相调和,在各种乐器上同时表出,即成为合奏。王老伯伯和阿四所用的乐器虽然各异,但所奏的旋律完全相同,所以只能称之为齐奏,还没有被称为合奏的资格。"这时我的汽水已经喝了半瓶。

"orchestra 的人数和乐器数多少不定。普通小的,数十人奏十数种乐器。大的,数百人奏数十种乐器。远听起来,其声音正像这千万只青蛙的一齐鸣鼓一样。乐器可分为四大群。第一群是弦乐器,都是弦线发音的,像你近来学习的提琴,便是弦乐器中最主要的一种。提琴同时用数个,或十数个,或数十个,所奏的是曲中最主要的旋律。第二群是木管乐器,就是箫笛之类的东西,音色特别清朗。第三群是金管乐器(铜管乐器),就是喇叭之类的东西,声音最响。第四群是打乐器(打击乐器),就是钟鼓之类的东西,声音最强。——所以 orchestra 的演奏台上,这四群乐器的位置都有一定:弦乐器最主要,故位在最前方。木管乐器次之。金管乐器声音最响,宜于放在后面。打乐器声音最强,而且大都是只为加强拍子的,故放在最后。用这四大群乐器合奏的乐曲,叫做'交响乐',是最长大的乐曲。"我吞了最后的一口汽水。

"最大的 orchestra，有一千多人，叫做'千人管弦乐队'。现在我们不妨把这无数的青蛙想象做一个'千人管弦乐队'，而坐在这里听他们的交响乐！"爸爸也喝完了汽水。

夜露渐重，摸摸身上有些湿了。我们不约而同地立起身来。我收拾汽水瓶，跟着爸爸缓步回家。就寝时已经十二点钟。这晚上我做了两个梦。第一个梦是爸爸买了一架收音机来装在吃饭间里，开出来怪好听的。第二个是梦见许多青蛙，拿着许多乐器——就中鼓特别多——在一个舞台合奏交响乐。忽然一只青蛙大吹起喇叭来，把我惊醒。原来是工厂里放汽管！时光还只五点半。想起了今天是星期日，我重又睡着了。

PART 4 以艺术的方式过一生

艺术与人生

艺术，在今日共有十二种，就是一、绘画，二、雕塑，三、建筑，四、工艺，五、音乐，六、文学，七、舞蹈，八、演剧，九、书法，十、金石，十一、照相，十二、电影。这一打艺术中，前八种是世界各国以前一向有的。后四种，是为现代中国新添的。因为这后四种中，书法和金石，是中国古来原有的艺术，而为外国所无的（日本有这两种艺术，但全是学习中国的，可看作中国艺术的一支流）。最后两种，照相和电影，则是最近世间新兴的艺术，现已流行于全世界的。所以我说，后四种是为现代中国新添的。

我们先来检点这一打艺术，看它们对于我们人生的关系

状态如何：第一，绘画，是大家所常见的。无论中国画、西洋画，其在人生的用处，大都只是看看的。除了看看以外，并无其他实用（肖像画可以当作遗像供养，或可说是一特例。但其本身仍是艺术。至于博物图等，则属于地图之类，不入绘画范围）。看看，好像是无关紧要的事，其实也很重要。我们的衣食住行，要求实用的便利以外，同时又要求形式的美观。"看"不是人生很重要的事吗？绘画，便是脱离了实用而完全讲究形式的美，使人看了悦目赏心，得到精神的涵养，感情的陶冶。所以虽然只是看看，而并无实用，在艺术上却占有很高的地位，被称为"纯正艺术"。

第二，雕塑，就是人物动物等的雕像或塑像。这与绘画同样，也只是给人看看，而并无实用的（纪念瞻拜用的铜像等，与肖像同例）。雕塑与绘画，其实同是一物；不过绘画在平面上表现美的形式，雕塑则在立体上表现美的形式，故雕塑是表现立体美的纯正艺术。

第三，建筑，就是造房屋。这种艺术，性状和前二者大不相同，都是有实用的。除了极少数的特例以外——例如宝塔，只是看看的，并无实用。凯旋门，也只是观瞻的，并非真要从这门中出入。——凡建筑都是供人住居的,即有实用的。但我们对于建筑,在"坚固"及"合用"两实用条件之外,又必讲求其形式的美观。例如宫殿,要求其形式的伟大,可使万民望而生畏。例如寺庙,要求其形式的崇高,可使信徒肃然起敬。例如住宅,要求其形式的优美,可使住的人心地安悦。……这便是艺术的工作。建筑之所以异于绘画雕塑者,即绘画雕塑可专为美观而自由制作,建筑则因实用(住居)条件的约束,在实用物上施以装饰。所以前二者被称为"自由艺术",建筑则被称为"羁绊艺术"。又对于前二者的"纯正艺术",建筑被称为"应用艺术"。

第四,工艺,就是器什日用品等的制作。这艺术的性质与建筑完全相同,不过建筑比它庞大一些罢了。这也是"羁绊艺术""应用艺术"。

第五,音乐,性状和前述四种大异,前述四种都是用眼睛看的。这音乐却是用耳朵听的。前述四种都是在空间的形式中表现美的,这音乐却是在时间的经过中表现美的。所以前四者被称为"视觉艺术""空间艺术";音乐却被称为"听觉艺术""时间艺术"。这种时间艺术,对于我们人生有什么用处呢？还是同绘画一样，不过"听听"罢了，此外并无实用（结婚，出殡，用乐队，似是音乐的实用，其实乐曲的本身仍是一种独立的艺术）。"听听"有什么好处呢？也同"看看"一样，可以涵养精神，陶冶感情。音乐能用声音引诱人心，使无数观众不知不觉地进入于同样的感情中。这叫做音乐的"亲和力"。凡艺术都有亲和力，而音乐的亲和力特别大。所以为政，治国，传教，从军等，都盛用音乐。故"听听"看似无关紧要，其实用途极大。

第六，文学，这种艺术的性质，和前述五种又不同。它是用言语当作工具的一种艺术。换言之，它是制造美的言语的一种艺术，言语是听赏的。（文学作品为欲传到后代及远方，故用铅字印成书本。我们看书，并非欣赏铅字，却仍是听说话。）故文学和音乐同属于听觉艺术。文学之所以异于音乐者，音乐不表出具体的意义，只诉于人的感情；文学则音调之外又表出具体的意义，兼诉于人的思想。讲到它在人生的用处，倒很复杂。有一部分文学，是有实用的，例如书牍之类。还有一部分文学，却是没有实用，竟是表现语言美的，例如诗词之类。故文学兼有"纯正艺术"与"应用艺术"，

"自由艺术"与"羁绊艺术"双方面的性质。即既供实用，又供欣赏。所以文学在世界各国，都是最发达的艺术。

第七，舞蹈，这是用人的身体的姿势来表现美的一种艺术。其性质与音乐相似，而且大多同音乐合并表现（默舞是舞蹈的独立表现）。这完全没有实用，只供欣赏。

第八，演剧，这种艺术，与文学有密切关联，可说是文学的另一种表现法。文学用言语讲给人听，使听者在脑筋中想象出其情节来。演剧则由舞台代替了读者的脑筋，把情节实际地演出来。故文学可说是脑筋中演出的演剧，演剧可说是舞台上写出的文学。这种艺术，情形很复杂；包括上述的文学、音乐、舞蹈以及绘画、建筑、雕塑、工艺等一切艺术。所以演剧被称为"综合艺术"。讲到它在人生的用处，却完全是欣赏的——观赏的及听赏的。文学中还有实用文，演剧中却没有实用剧。

第九，书法，这是中国所特有的艺术，为什么中国特有呢？一者，外国人用钢笔，书法艺术不发育。中国人用 brush 指 writing brush（毛笔），写字就同描画一样。二者，外国文字

用字母拼，就同电报号码差不多，不容易作成艺术。中国文字有象形，指事，根本同描画一样，所以中国人说"书画同源"。因此二故，书法是中国特有的艺术（日本也有，但前已说过，日本绘画模仿我国，其书法也模仿我国，与我国全同）。现在我们来检点一下，书法艺术在人生有何用处？这与绘画不同，却和文学一样，有实用的，有欣赏的。例如函牍、碑文等，是实用的；对联，屏轴等，是欣赏的。然实用与欣赏又往往兼并，同建筑一样。例如古代的碑文，名家的函牍等，一方面有实用，一方面又是供人欣赏研究的艺术品。在写信写账等事务中，可以实行艺术创作，这是中国人的特权。中国实在是世界最艺术的国家！

第十，金石，这也是中国特有的艺术。而且是世间一切艺术中最精致的艺术。外国有一种小画，叫做 miniature，在一个徽章上画一幅油画，可谓精致了，但其技法近于雕虫，远不及中国的金石的高尚。中国的金石，其好坏不在乎刻得工细与粗草，却在乎字的章法和笔法上。在数方分的面积中，作成一个调和、美丽、圆满无缺的小天地，便是金石的妙境。中国人常把"书画金石"三者并称。因为三者有密切的相互关系。

PART4 以艺术的方式过一生

故中国的画家往往能书，书家往往能治金石。像吴昌硕先生，便是兼长三者的。他晚年自己说，画不及书，书不及金石。可见金石是很高深的一种艺术。讲到它在人生的用处，就同书法一样：实用又兼欣赏。

第十一，照相，原来是工艺之一种，并不独立。近年来照相模仿绘画，表现独立的风景美，世人称为"美术照相"，于是照相就由"准艺术"升为正式的一种艺术。这种艺术在人生的用处，就与绘画相同，它原是为了模仿绘画而成为艺术的。不过属于工艺的照相，便和工艺相同，是有实用的。

第十二，电影，是最近发达的一种艺术。发达得很，现已普遍于全世界。这是以演剧为根据，以照相为工具的一种新艺术。这仿佛是演剧的复制品。它的性质，就和演剧相同。它在人生的用处，也与演剧全同，只是欣赏的，并无实用（有些教育影片，不在艺术范围之内）。

以上已把十二种艺术对我们人生的关系状态约略地说过了。可知一切艺术，在人生都有用，不过其"用"的性状不同；有的直接有用，有的间接有用。即应用艺术是直接有用的，纯

正艺术是间接有用的。近来世人盛用"为艺术的艺术"与"为人生的艺术"这两个新名词。我觉得这两个名词,有些语病。世间一切文化都为人生,岂有不为人生的艺术呢?所以我今天讲艺术与人生,避去这种玄妙的名词,而用切实浅显的说法。艺术在对人生的关系上,可分为"直接有用的艺术"与"间接有用的艺术"两种。前者以建筑为代表,后者以音乐为代表。

然而这个分法,也不是绝对判然的。因为艺术这件东西,本是人的生活的反映。人的生活错综复杂,艺术也就错综复杂,不能判然分别。建筑与音乐,是实用与非实用两种极端。其他各种艺术,就位在这两种极端之间,或接近这端,或接近那端,都无定位。总之,凡是对人生有用的美的制作,都是艺术。若有对人生无用(或反有害)的美的制作,这就不能称为艺术。前述的"为艺术的艺术",大概便是指此。那就不在我今天所讲的范围之内。

我从艺术对人生的用处上着眼,把建筑和音乐分配在两个极端。但进一步看,艺术不是一直线,却是一弧线。有时弧线弯合拢来,接成一个圆线。则两极端又可会合在一点,令人无从辨别,明言之,即直接有用的艺术,有时具有极伟大的间接的效果。反之,间接有用的艺术,有时也具有极伟大的直接的效果。就建筑和音乐两种艺术看,即可明白。

建筑,如前所说,差不多全部是有实用(住居)的,即直接有用的艺术。但是建筑的形式,对于人的精神和感情,有时又有极大的影响,颇像音乐。希腊的殿堂便是最适当的实例。纪元前,希腊全盛时代,雅典的城堡上有一所殿堂,是供养守护国家的女神的,叫做Parthenon[帕提侬(神庙)],这殿堂全部用世间最良的大理石和黄金象牙造成,全部不用水泥或钉子,概由正确精致的接合法,天衣无缝,好比天生成的。各部构造,又应用所谓"视觉矫正法",为了眼睛的错观,特把各部加以变化,使它映入网膜时十分正确。——例如阶石,普通总是水平直线。但人的眼睛有错觉。看见阶石上面载着殿堂全部的分量,似觉阶石要弯下去,好比载重的木条一样,很不安定。为欲弥补这缺陷,希腊人把阶石作成向上凸的弧线,使它同错觉抵消,在网膜上映成十分平稳正确的直线。诸如此类——这殿堂真可谓尽善尽美,故美术史上称它为"世界美术的王冠"。讲到这殿堂的用处,这是供人民瞻拜神像之用的,分明是实用艺术,即直接有用的艺

术。但是,在实际上,这直接的用处还是小用,其最大的效用,却是这殿堂的形式的全美所给与人心的涵养与陶冶。希腊这时候国势全盛,民生美满,为古今所罕有。其所以有此圆满发达状态者,其他政教当然有力,这殿堂的"亲和力"实在大有功劳。人民每天瞻仰这样完全无缺的美术品,不知不觉之中,精神蒙其涵养,感情受其陶冶,自然养成健全的人格。这种建筑,岂非有音乐一样的效果吗?

再看音乐,如前所说,全然是无实用的。音乐只能给人听赏。听赏以外,全无用处。然而从古以来,用音乐治国,用音乐治理群众的实例很多。中国古代,有两种有名的尽美尽善的音乐,叫做"韶"和"武"。孔子听了,"三月不知肉味"。我们虽然没有福分听到这种好音乐,据孔老先生的批评,可以想见这种音乐感人之力的伟大。据孔子说,周朝文王武王时代国势之盛,韶武与有力焉。下至近代,利用音乐来宣传宗教,或鼓励士气,其例不胜枚举。这固然是艺术的间接的用。但你如果把"用"字范围放宽,则间接的用与直接的用实在一样,不过无形与有形的区别罢了。

这样说来,凡艺术(不良,有害的东西当然不列在内),

可说皆是有实用的，皆是为人生的。这里我想起一个比方：我觉得美好比是糖。糖可以独用（即吃纯粹的糖），又可以搀用（即附加在别的食物中）。白糖，曼殊大师所爱吃的粽子糖等，是纯粹的糖。香蕉糖，橘子糖，柠檬糖等便不纯粹，糖味中搀入了他味。糖花生，糖核桃，糖山楂，糖梅子，糖圆子等，则是他味中搀入了一点糖味，他味为主而糖为附了。用美造成艺术，正同用糖造成食物一样。纯粹的美，毫无实用分子，例如高深的"纯音乐"（pure music），中国的山水画，西洋的印象派绘画等，纯粹是声音和形色的美，好比白糖，粽子糖，是纯粹的糖，是吃糖专家，像曼殊大师等所爱吃的。又如标题音乐，历史画，宗教画，以及描写人生社会的文字等，声音及形色中附有事物思想，好比糖中附有香蕉橘子等的滋味，比纯糖味道适口些，为一般人所爱吃。又如建筑，工艺美术品，广告画，以及各种宣传艺术等，实用物中附加一些美饰，使人乐于接受，就好比糖花生，糖核桃，糖圆子等，在别物中附加一些甜味，使人容易入口。在这种艺术中，美不过是附加的一种装饰而已。

诸位或者要问：抗战艺术，以及描写民生疾苦，讽刺社

会黑暗的艺术,是什么糖呢?我说,这些是奎宁糖。里头的药,滋味太苦,故在外面加一层糖衣,使人容易入口、下咽,于是药力发作,把病菌驱除,使人恢复健康。这种艺术于人生很有效用,正同奎宁片于人体很有效用一样。

故把艺术分为"为艺术的艺术"与"为人生的艺术",不是妥善的说法。凡及格的艺术,都是为人生的。且在我们这世间,能欣赏纯粹美的艺术的人少,能欣赏含有实用分子的艺术的人多。正好比爱吃白糖的人少,而爱吃香蕉糖、花生糖的人多。所以多数的艺术品,兼有艺术味与人生味。对于这种艺术,我们所要求的,是最好两者调和适可,不要偏重一方。取手头最浅近的例来说:譬如衣服,也是一种工艺。如果太偏重了衣料,不顾身体的尺度,例如原始人的衣服,印度人的衣服,日本人的所谓和服等,那便可称为"为衣服的衣服",究竟不很合用。反之,如果太偏重了身体的尺度,完全不顾衣料,例如有一种摩登女子的衣服(密切地裹着,身体各部都显出,我初见时疑心她穿的是海水浴用的衣服),那便可称为"为人生的衣服",究竟不是良好的工艺品。又如椅子,也是工艺之一。如果太偏重了花样,像以前宫廷中的宝座,全是雕刻及装饰,而坐下去全不称身的，可说是"为椅子的椅子"。这种椅子我实在不要坐。反之，如果太偏重了人体，把臀部的模型都刻出在椅子上，两大腿之间还要高起一条（这种椅子，时有所见，不知是谁的创作。我每次看见，必起不快之感，疑心它是一种刑具）。这可说是"为人生的椅子"了！但是我情愿站着，不要坐这把椅子。世间爱用这种椅子的人恐怕极少吧。可知为衣服的衣服，为人生的衣服，都不是好衣服；为椅子的椅子，为人生的椅子，也不是好椅子。

我们不欢迎"为艺术的艺术"，也不欢迎"为人生的艺术"。我们要求"艺术的人生"与"人生的艺术"。

美术与人生

形状和色彩有一种奇妙的力，能在默默之中支配大众的心。例如春花的美能使人心兴奋，秋月的美能使人心沉静；人在晴天格外高兴，在阴天就大家懒洋洋的。山乡的居民大都忠厚，水乡的居民大都活泼，也是因为常见山或水，其心暗中受其力的支配，便养成了特殊的性情。

用人工巧妙地配合形状、色彩的，叫做美术。配合在平面上的是绘画，配合在立体上的是雕塑，配合在实用上的是建筑。因为是用人工巧妙地配合的，故其支配人心的力更大。

这叫做美术的亲和力。

 万物有真趣

例如许多人共看画图,所看的倘是墨绘的山水图,诸人心中共起壮美之感;倘是金碧的花蝶图,诸人心中共起优美之感。故厅堂上挂山水图,满堂的人愈感庄敬;房室中挂花鸟图,一室的人倍觉和乐。优良的电影开映时,满院的客座阒然无声,但闻机器转动的微音。因为数千百观众的心,都被这些映画(电影)的亲和力所统御了。

雕塑是立体的,故其亲和力更大,伟人的铜像矗立在都市的广场中,其英姿每天印象于往来的万众的心头,默默中施行着普遍的教育。又如入大寺院,仰望金身的大佛像,其人虽非宗教信徒,一时也会肃然起敬,缓步低声。埃及的专制帝王建造七十尺高的人面狮身大石雕,名之曰"斯芬克司"。埃及人民的绝对服从的精神,半是这大石雕的暗示力所养成的。

建筑在美术中形体最大,其亲和力也最大;又因我们的生活大部分在建筑物中度过,故建筑及于人心的影响也最深。

例如端庄雅洁的校舍建筑,能使学生听讲时精神集中,研究时心情安定,暗中对于教育有不少的助力。古来帝王的宫殿,必极富丽堂皇,使臣民瞻望九重城阙,自然心生惶恐。宗

教的寺院，必极高大雄壮，使僧众参诣大雄宝殿，自然稽首归心。这便是利用建筑的亲和力以镇服人心的。饮食店的座位与旅馆的房间，布置精美，可以推广营业。商人也会利用建筑的亲和力以支配顾客的心。

建筑与人生的关系最切，故凡建筑隆盛的时代，其国民文化必然繁荣。希腊黄金时代有极精美的神殿建筑，意大利文艺复兴时代有极伟大的寺院建筑，便是其例。现代欧美的热衷于都市建筑，也可说是现代人的文化的表象。

屠鴞眠詹

山中避雨

前天同了两女孩到西湖山中游玩,天忽下雨。我们仓皇奔走,看见前方有一小庙,庙门口有三家村,其中一家是开小茶店而带卖香烟的。我们趋之如归。茶店虽小,茶也要一角钱一壶。但在这时候,即使两角钱一壶,我们也不嫌贵了。

茶越冲越淡,雨越落越大。最初因游山遇雨,觉得扫兴;这时候山中阻雨的一种寂寥而深沉的趣味牵引了我的感兴,反觉得比晴天游山趣味更好。所谓"山色空蒙雨亦奇",我于此体会了这种境界的好处。然而两个女孩子不解这种趣味,她们坐在这小茶店里躲雨,只是怨天尤人,苦闷万状。我无法把我所体验的境界为她们说明,也不愿使她们"大人化"而体验我

所感的趣味。

茶博士坐在门口拉胡琴。除雨声外，这是我们当时所闻的唯一的声音。拉的是《梅花三弄》，虽然声音摸得不大正确，拍子还拉得不错。这好像是因为顾客稀少，他坐在门口拉这曲胡琴来代替收音机做广告的。可惜他拉了一会就罢，使我们所闻的只是嘈杂而冗长的雨声。为了安慰两个女孩子，我就去向茶博士借胡琴。"你的胡琴借我弄弄好不好？"他很客气地把胡琴递给我。

我借了胡琴回茶店，两个女孩很欢喜。"你会拉的？你会拉的？"我就拉给她们看。手法虽生，音阶还摸得准。因为我小时候曾经请我家邻近的柴主人阿庆教过《梅花三弄》，又请对面弄内一个裁缝司务大汉教过胡琴上的工尺。阿庆的教法很特别，他只是拉《梅花三弄》给你听，却不教你工尺的曲谱。他拉得很熟，但他不知工尺。我对他的拉奏望洋兴叹，始终学他不来。后来知道大汉识字，就请教他。他把小工调、正工调的音阶位置写了一张纸给我，我的胡琴拉奏由此入门。现在所以能够摸出正确的音阶者，一半由于以前略有摸violin的经验，一半仍是根基于大汉的教授的。在山中小茶店里的雨窗下，我用胡琴从容地（因为快了要拉错）拉了种种西洋小曲。两女孩和着了歌唱，好像是西湖上卖唱的，引得三家村里的人都来看。一个女孩唱着《渔光曲》，要我用胡琴去和她。我和着她拉，三家村里的青年们也齐唱起来，一时把这苦雨荒山闹得十分温暖。我曾经吃过七八年音乐教师饭，曾经用 piano 伴奏过混声四部合唱，曾经弹过 Beethoven 的 sonata。但是有生以来，没有尝过今日般的音乐的趣味。

　　两部空黄包车拉过，被我们雇定了。我付了茶钱，还了胡琴，辞别三家村的青年们，坐上车子。油布遮盖我面前，看不见雨景。我回味刚才的经验，觉得胡琴这种乐器很有意思。Piano 笨重如棺材，violin 要数十百元一具，制造虽精，世间有几人能够享用呢？胡琴只要两三角钱一把，虽然音域没有 violin 之广，也尽够演奏寻常小曲。虽然音色不比 violin 优美，装配得法，其发音也还可听。这种乐器在我国民间很流行，剃头店里有之，裁缝店里有之，江北船上有之，三家村里有之。倘能多造几个简易而高尚的胡琴曲，使像《渔光曲》一般流行于民间，其艺术陶冶的效果，恐比学校的音乐课广大得多呢。我离去三家村时，村里的青年们都送我上车，表示惜别。我也觉得有些儿依依。（曾经搪塞他们说："下

星期再来!"其实恐怕我此生不会再到这三家村里去吃茶且拉胡琴了。)若没有胡琴的因缘,三家村里的青年对于我这路人有何惜别之情,而我又有何依依于这些萍水相逢的人呢?古语云:"乐以教和。"我做了七八年音乐教师没有实证过这句话,不料这天在这荒村中实证了。

不惑之礼[1]

廿六（1937）年阴历元旦，我破晓醒来，想道：从今天起，我应该说是四十岁了。摸摸自己的身体看，觉得同昨天没有什么两样；检点自己的心情看，觉得同昨天也没有什么差异。只是"四十"这两个字在我心里作怪，使我不能再睡了。十年前，我的年岁开始冠用"三十"两字时，我觉得好像头上张了一把薄绸的阳伞，全身蒙了一个淡灰色的影子。现在，我的年岁上开始冠用"四十"两字时，我觉得好比这顶薄绸的阳伞换了一柄油布的雨伞，全身蒙了一个深灰色的影子了。然而这柄雨伞比阳伞质地坚强得多，周围广大得多，不但能够抵御外界的暴

---

[1] 本篇曾载1938年1月11日《宇宙风》第57期。有副题：自传之一章。——编者注

风雨,即使落下一阵卵子大的冰雹来,也不能中伤我。设或豺狼当道,狐鬼逼人起来,我还可以收下这柄雨伞来,充作禅杖,给它们打个落花流水呢。

阴历元旦的清晨,四周肃静,死气沉沉,只有附近一个学校里的一群小学生,依旧上学,照常早操,而且喇叭吹得比平日更响,步伐声和喇叭一齐清楚地传到我的耳中。于是我起床了。盥洗毕,展开一张宣纸,抽出一支狼毫,一气呵成地写了这样的几句陶诗:

先师遗训,余岂云坠!四十无闻,斯不足畏。
脂我名车,策我名骥。千里虽遥,孰敢不至!

下面题上"廿六年古历元旦卯时缘缘堂主人书",盖上一个"学不厌斋"的印章,装进一个玻璃框中,挂在母亲的遗像的左旁。古人二十岁行弱冠礼,我这一套仿佛是四十岁行的不惑之礼。

不惑之礼毕,我坐楼窗前吸纸烟。思想跟了晨风中的烟缕而飘曳了一会,不胜恐惧起来。因为我回想过去的四十年,发生了这样的一种感觉:我觉得,人生好比喝酒,一岁喝一杯,

两岁喝两杯,三岁喝三杯……越喝越醉,越喝越痴,越迷,终而至于越糊涂,麻木若死尸。只要看孩子们就可知道:十多岁的大孩子,对于人生社会的种种怪现状,已经见惯不怪,行将安之若素了。只有七八岁的小孩子,有时把眼睛张得桂圆大,惊疑地质问:"牛为什么肯被人杀来吃?""叫化子为什么肯讨饭?""兵为什么肯打仗?"……大孩子们都笑他发痴,我只见大孩子们自己发痴。他们已经喝了十多杯酒,渐渐地有些醉,已在那里痴迷起来,糊涂起来,麻木起来了,可胜哀哉!我已经喝了四十杯酒,照理应该麻醉了。幸好酒量较好,还能知道自己醉。然而"人生"这种酒是越喝越浓,越浓越凶的。只管喝下去,我将来一定也有烂醉而不自知其醉的一日,为之奈何!

于是我历数诸师友,私自评较:像某某,数十年如一日,足见其有千钟不醉之量,不胜钦佩;像某某,对醉人时自己也烂醉,遇醒者时自己也立刻清醒,这是圣之时者,我也不胜钦佩;像某某,愈喝愈醉,几同脱胎换骨,全失本来面目,我仿佛死了一个朋友,不胜惋惜;像某某,醉迷已极,假作不醉,这是予所否者,不屑评较了。我又回溯古贤先哲,推想古代的人生社会，知道他们所喝的也是这一种酒，并没有比我们的和善。始知人的醉与不醉，不在乎酒的凶与不凶，而在乎量的大与不大。

我怕醉，而"人生"这种酒强迫我喝。在这"恶醉强酒"的生活之下，我除了增大自己的酒量以外，更没有别的方法可以避免喝酒。怎样增大我的酒量？只有请教"先师遗训"了。

于是我检出靖节诗集来，通读一遍，折转了三处书角。再拿出宣纸和狼毫来，抄录了这样的三首诗：

日暮天无云，春风扇微和。佳人美清夜，达曙酣且歌。
歌竟长叹息，持此感人多。皎皎云间月，灼灼叶中花，
岂无一时好，不久当如何？

迢迢百尺楼，分明望四荒。暮作归云宅，朝为飞鸟堂。
山河满目中，平原独茫茫。古时功名士，慷慨争此场。
一旦百岁后，相与还北邙。松柏为人伐，高坟互低昂。
颓基无遗主，游魂在何方？荣华诚足贵，亦复可怜伤！

人生归有道,衣食固其端。孰是都不营,而以求自安?
开春理常业,岁功聊可观。晨出肆微勤,日入负耒还。
山中饶霜露,风气亦先寒,田家岂不苦,弗获辞此难。
四体诚乃疲,庶无异患干,盥濯息檐下,斗酒散襟颜。
遥遥沮溺心,千载乃相关。但愿常如此,躬耕非所叹。

写好后,从头至尾阅读一遍,用朱笔在警句上加了些圈,好好地保存了。因为这好比一张醒酒的药方。以后"人生"的酒推上来时,只要按方服药,就会清醒。我的酒量就仿佛增大了。

这样,廿六年阴历元旦完成了我的不惑之礼。

读书

《中学生》杂志社出了一个关于"书"的题目来，命我写一篇随笔。倘要随我的笔写出，我新近到杭州去医眼疾，独游西湖，看了西湖上的字略有所感，让我先写些关于字的话吧。

以前到杭州，必伴着一群人，跟着众人的趋向而游西湖。走马看花地巡行，于各处皆不曾久留。这回独自来游，毫无牵累。又是为求医而来，闲玩似属天经地义，不妨于各处从容淹留。我每在一个寻常惯到的地方泡一碗茶，闲坐，闲行，闲看，闲想，便可勾留半日之久。

听了医生的话，身边不带一册书。但不幸而识字，望见眼前有文字的地方，会不期地睁着病眼去辨识。甚至于苦苦地寻认字迹，探索意味。我这回才注意到：西湖上发表着的文字非常之多，皇帝的御笔，名人士夫的联额，或勒石，或刻木冠，冠冕堂皇地，金碧辉煌地，装点在到处的寺院台榭中。这些都是所谓名笔，将与湖山同朽，千古留名的。但寺院台榭内的墙壁上，栋柱上，甚至门窗上，还拥挤着无数游客的题字，也是想留名于湖山的。其文字大意不过是"某年某月某日某人到此"而已，但表现之法各人不同：有的用炭条写，有的用铅笔写，有的带了（或许是借了）毛笔去写，又有的深恐风雨侵蚀他的芳名，特用油漆涂写。或者不是油漆，是画家的油画颜料。画家随身带着永不退色的法国罗佛朗制的油画颜料，要在这里留名千古，是很容易的。写的形式，又各人不同：有的字特别大，有的笔画特别粗，皆足以牵惹人目。有的在别人直书的上面故用横行、斜行的文字，更为显著而立异。又有的引用英文、世界语，使在满壁的汉字中别开生面。我每到一处地方，不论碑上的、额上的、壁上的、柱上的，凡是文字，都喜观玩。但有的地方实在汗牛充栋，尽半日淹留之长，到底不能一一读遍所有各家的大作。我想，倘要尽读全西湖上发表着的所有的文字，恐非有积年累月的闲工夫不可。

万物有真趣

　　我这回仅在惯到的几处闲玩二三日。但所看到的文字已经不少。推想别处,也不过是同样性质的东西增加分量罢了。每当目瞑意倦的时候,便回想关于所见的所感。勒石的御笔和金碧的名人手迹中,佳作固然有,但劣品亦处处皆是。它们全靠占着优胜的地位,施着华美的装潢,故能掩丑于无知者之前。若赤裸裸地品起美术的价值来,不及格的恐怕很多。壁上的炭条文字中,涂鸦固然多,但真率自然之笔亦复不少。有的似出于天真烂漫的儿童之手,有的似出于略识之无的工人之手。然而一种真率简劲的美,为金碧辉煌的作品中所不能见。可惜埋没在到处的暗壁角里,不易受世人的赏识,长使笔者为西湖上无名的作家耳。假如湖山的管领者肯选拔这些文字来,勒在石上,刻在木上,其美术的价值当比御笔的石碑高贵得多呢。

　　我的感想已经写完,但终于没有写到本题。倘读书与看字有共通的情形,就让读者"闻一以知二"吧。不然,我这篇随笔文不对题,让编辑先生丢在字纸笼里吧。

颜面

我小时候从李叔同先生学习弹琴,每弹错了一处,李先生回头向我一看。我对于这一看比什么都害怕。当时也不自知其理由,只觉得有一种不可当力,使我难于消受。现在回想起来,方知他这一看的颜面表情中历历表出着对于音乐艺术的尊敬,对于教育使命的严重,和对于我的疏忽的惩诫,实在比校长先生的一番训话更可使我感动。古人有故意误拂琴弦,以求周郎一顾的;我当时实在怕见李先生的一顾,总是预先练得很熟,然后到他面前去还琴。

但是现在,李先生那种严肃慈祥的脸色已不易再见,却在世间看饱了各种各样的奇异的脸色——当作雕刻或纸脸具看时,

PART4 以艺术的方式过一生

倒也很有兴味。

在人们谈话议论的坐席中,与其听他们言辞的意义,不如看他们颜面的变化,兴味好得多,且在实际上,也可以更深切地了解各人的心理。因为感情的复杂深刻的部分,往往为理义的言说所不能表出,而在"造形的"(plastic)脸色上历历地披露着。不但如此,尽有口上说"是"而脸上明明表出"非"的怪事。聪明的对手也能不听其言辞而但窥其脸色,正确地会得其心理。然而我并不想做这种聪明的对手,我最欢喜当作雕刻或纸脸具看人的脸孔。

看惯了脸,以为脸当然如此。但仔细凝视,就觉得颜面是很奇怪的一种形象。同是两眼、两眉、一口、一鼻排列在一个面中,而有万人各不相同的形式。同一颜面中,又有喜、怒、哀、乐、嫉妒、同情、冷淡、阴险、仓皇、忸怩……千万种表情。凡词典内所有的一切感情的形容词,在颜面上都可表演,正如自然界一切种类的线具足于裸体中一样。推究其差别的原因,不外乎这数寸宽广的浮雕板中的形状与色彩的变化而已。

就五官而论,耳朵在表情上全然无用。记得某文学家说,

耳朵的形状最表出人类的兽相。我从前曾经取一大张纸,在其中央剪出一洞,套在一个朋友的耳朵上,而单独地观看耳朵的姿态,久之不认识其为耳朵,而越觉得可怕。这大概是为了耳朵一向躲在鬓边,素不登颜面表情的舞台的缘故。只有日本文学家芥川龙之介对于中国女子的耳朵表示敬意,说玲珑而洁白像贝壳。然耳朵无论如何美好,也不过像鬓边的玉兰花一类的装饰物而已,与表情全无关系。实际,耳朵位在脸的边上,只能当作这浮雕板的两个环子,不入浮雕范围之内。

在浮雕的版图内,鼻可说是颜面中的北辰,固定在中央。眉,眼,口,均以它为中心而活动,而做出各种表情。眉位在上方,形态简单;然与眼有表里的关系,处于眼的伴奏者的地位。演奏"颜面表情"的主要旋律的,是眼与口。二者的性质又不相同:照顾恺之的意见,"传神写照,正在阿堵之中",故其画人常数年不点睛,说"点睛便欲飞去",则眼是最富于表情的。然而口也不差:肖像画得似否,口的关系居多;试用粉笔在黑板上任意画一颜面,而仅变更其口的形状,大小,厚薄,弯度,方向,地位,可得各种完全不同的表情。故我以为眼与口在颜面表情上同样重要,眼是"色的",口是"形的"。

眼不能移动位置，但有青眼白眼等种种眼色；口虽没有色，但形状与位置的变动在五官中最为剧烈。倘把颜面看作一个家庭，则口是男性的，眼是女性的，两者常常协力而作出这家庭生活中的诸相。

然更进一步，我就要想到颜面构造的本质的问题。神造人的时候，颜面的创作是根据某种定理的，抑任意造出的？即颜面中的五官形状与位置的排法是必然的，抑偶然的？从生理上说来，也许是合于实用原则的，例如眉生在眼上，可以保护眼；鼻生在口上，可以帮助味觉。但从造形上说来，不必一定，苟有别种便于实用的排列法，我们也可同样地承认其为颜面，而看出其中的表情。

各种动物的颜面，便得按照别种实用的原则而变更其形状与位置的。我们在动物的颜面中，一样可以看出表情，不过其脸上的筋肉不动，远不及人面的表情丰富而已。试仔细辨察狗的颜面，可知各狗的相貌也各不相同。我们平常往往以"狗"的一个概念抹杀各狗的差别，难得有人尊重狗的个性，而费心辨察它们的相貌。这犹之我小时候初到上海，第一次看见西洋人，觉得面孔个个一样，红头巡捕尤其如此——我的母亲每年

来上海一二次,看见西洋人总说"这个人又来了",实则西洋人与印度人看我们,恐怕也是这样。这全是黄白异种的缘故,我们看日本人或朝鲜人就没有这种感觉。这异种的范围推广起来,及于禽兽的时候,即可辨识禽兽的相貌。所以照我想来,人的颜面的形状与位置不一定要照现在的排法,不过偶然排成这样而已。倘变换一种排法,同样地有表情。只因我们久已看惯了现在状态的颜面,故对于这种颜面的表情,辨识力特别丰富又精细而已。

至于眼睛有特殊训练的艺术家,尤其是画家,就能推广其对于颜面表情的辨识力,而在自然界一切生物及无生物中看出种种表情。"拟人化"的看法即由此而生。在桃花中看出笑颜,在莲花中看出粉脸,又如德国理想派画家勃克林,其描写波涛,曾画魔王追扑一弱女,以象征大波吞没小浪,这可谓拟人化的极致了。就是非画家的普通人,倘能应用其对于颜面的看法于一切自然界,也可看到物象表情。有一个小孩子曾经发现开盖的洋琴(钢琴)的相貌好像露出一口整齐而洁白的牙齿的某先生,威迪文的墨水瓶姿态像邻家的肥胖的妇人。我叹佩这孩子对造形的敏感。孩子比大人,概念弱而直观强,故所见更多拟人的印象，容易看见物象的真相。艺术家就是学习孩子们这种看法的。艺术家要在自然中看出生命，要在一草一木中发现自己，故必推广其同情心，普及于一切自然，有情化一切自然。

这样说来，不但颜面有表情而已；无名的形状，无意义的排列，在明者的眼中都有表情，与颜面表情一的明显而复杂。

借問酒家何處有
牧童遙指杏花邨

甘美的回味[①]

有一次我偶得闲暇,温习从前所学过的弹琴课。一位朋友拍拍我的肩膀说道:"你们会音乐的真是幸福,寂寞起来弹一曲琴,多么舒服!唉,我的生活太枯燥了。我几时也想学些音乐,调剂调剂呢。"

我不能首肯于这位朋友的话,想向他抗议。但终于没有对他说什么。因为伴着拍肩膀而来的话,态度十分肯定而语气十分强重,似乎会跟了他的手的举动而拍进我的身体中,使我无力推辞或反对。倘使我不承认他的话而欲向他抗议,似乎须得还他一种比拍肩膀更重要一些的手段——例如跳将起来打他

[①] 本篇曾载1931年9月1日《中学生》第17号。——编者注

几个巴掌——而说话,才配得上抗议。但这又何必呢。用了拍肩膀的手段而说话的人,大都是自信力极强的人,他的话是他一人的法律,我实无须向他辩解。我不过在心中暗想他的话的意思,而独在这里记录自己的感想而已。

这朋友说我"寂寞起来弹一曲琴多么舒服",实在是冤枉了我!因为我回想自己的学习音乐的经过,只感到艰辛与严肃,却从未因了学习音乐而感到舒服。

记得十六七年前我在杭州第一师范读书的时候,最怕的功课是"还琴"。我们虽是一所普通的初级师范学校,但音乐一科特别注重,全校有数十架学生练习用的五组风琴,和还琴用的一架大风琴,唱歌用的一架大钢琴。李叔同先生每星期教授我们弹琴一次。先生先把新课弹一遍给我们看。略略指导了弹法的要点,就令我们各自回去练习。一星期后我们须得练习纯熟而来弹给先生看,这就叫做"还琴"。但这不是由教务处排定在课程表内的音乐功课,而是先生给我们规定的课外修业。故还琴的时间,总在下午二十分至一时之间,即午膳后至第一课之间的四十分钟内,或下午六时二十分至七时之内,即夜饭后至晚间自修课之间的四十分钟内。我们自己练习琴的时

PART4 以艺术的方式过一生

间则各人各便,大都在下午课余,教师请假的时间,或晚上。总之,这弹琴全是课外修业。但这课外修业实际比较一切正课都艰辛而严肃。这并非我个人特殊感觉,我们的同学们讲起还琴都害怕。我每逢轮到还琴的一天,饭总是不吃饱的。我在十分钟内了结吃饭与盥洗二事,立刻挟了弹琴讲义,先到练琴室内去,抱了一下佛脚,然后心中带了一块沉重的大石头而走进还琴教室去。我们的先生——他似乎是不吃饭的——早已静悄悄地等候在那里。大风琴上的谱表与音栓都已安排妥帖,显出一排雪白的键板,犹似一件怪物张着阔大的口,露出一口雪白的牙齿而蹲踞着,在那里等候我们的来到。

先生见我进来,立刻给我翻出我今天所应还的一课来,他对于我们各人弹琴的进程非常熟悉,看见一人就记得他弹到什么地方。我坐在大风琴边,悄悄地抽了一口大气,然后开始弹奏了,先生不逼近我,也不正面督视我的手指,而斜立在离开我数步的桌旁。他似乎知道我心中的状况,深恐逼近我督视时,易使我心中慌乱而手足失措,所以特地离开一些。但我确知他的眼睛是不绝地在斜注我的手上的。因为不但遇到我按错一个键板的时候他知道,就是键板全不按错而用错了一根手指

时，他的头便急速地回转，向我一看，这一看表示通不过。先生指点乐谱，令我从某处重新弹起。小错从乐句开始处重弹，大错则须从乐曲开始处重弹。有时重弹幸而通过了，但有时越是重弹，心中越是慌乱而错误越多。这还琴便不能通过。先生用和平而严肃的语调低声向我说"下次再还"，于是我只得起身离琴，仍旧带了心中这块沉重的大石头而走出还琴教室，再去加上刻苦练习的功夫。

我们的先生教授音乐是这样的严肃的。但他对于这样严肃的教师生活，似乎还不满足，后来就做了和尚而度更严肃的生活了。同时我也就毕业离校，入社会谋生，不再练习弹琴。但弹琴一事，在我心中永远留着一个严肃的印象，从此我不敢轻易地玩弄乐器了。毕业后两年，我一朝脱却了谋生的职务，而来到了东京的市中。东京的音乐空气使我对从前的艰辛严肃的弹琴练习发生一种甘美的回味。我费四十五块钱买了一口提琴，再费三块钱向某音乐研究会买了一张入学证，便开始学习提琴了。记得那正是盛夏的时候。我每天下午一时来到这音乐研究会的练习室中，对着了一面镜子练习提琴，一直练到五点半钟而归寓。其间每练习五十分钟，休息十分钟。这十分间非

PART4 以艺术的方式过一生

到隔壁的冰店里喝一杯柠檬刨冰，不能继续下一小时的练习。一星期之后，我左手上四个手指的尖端的皮都破烂了。起初各指尖上长出一个白泡，后来泡皮破裂，露出肉和水来。这些破烂的指尖按到细而紧张的钢丝制的正弦上，感到针刺般的痛楚，犹如一种肉刑！但提琴先生笑着对我说："这是学习提琴所必经的难关。你现在必须努力继续练习，手指任它破烂，后来自会结成一层老皮，难关便通过了。"他伸出自己的左手来给我摸，"你看，我指尖上的皮多么老！起初也曾像你一般破烂过；但是难关早已通过了。倘使现在怕痛而停止练习，以前的功夫便都枉费，而你从此休想学习提琴了。"我信奉这提琴先生的忠告，依旧每日规定四个半钟头而刻苦练习，按时还琴。后来指尖上果然结皮，而练习亦渐入艰深之境。以前从李先生学习弹琴时所感到的一种艰辛严肃的况味，这时候我又实际地尝到了。但滋味和从前有些不同：因为从前监督我刻苦地练习风琴的，是对于李先生的信仰心；现在监督我刻苦地练习提琴的，不是对于那个提琴先生的信仰心，而是我的自励心。那个提琴先生的教课，是这音乐研究会的会长用了金钱而论钟点买来的。我们也是用金钱间接买他的教课的。他规定三点钟到会，五点

钟退去,在这两小时的限度内尽量地教授我们提琴的技术,原可说是一种公平的交易。而且像我这远来的外国人,也得凭仗了每月三块钱的学费的力,而从这提琴先生受得平等的教授与忠告,更是可感谢的事。然而他对我的雄辩的忠告,在我觉得远不及低声的"下次再还"四个字有效。我的刻苦地练习提琴,还是出于我自己的勉励心的,先生的教授与忠告不过供给知识与参考而已。我在这音乐研究所中继续练习了提琴四个多月,即便回国。我在那里熟习了三册提琴教则本和几曲 light opera melodies(轻歌剧旋律)。和我同室而同时开始练习提琴的,有一个出胡须的医生和一个法政学校的学生。但他们并不每天到会,因此进步都很迟,我练完第三册教则本时,他们都还只练完第一册。他们每嫌先生的教授短简而不详,不能使他们充分理解,常常来问我弹奏的方法。我尽我所知的告诉他们。我回国以后,这些同学和先生都成了梦中的人物。后来我的提琴练习废止了。但我时时念及那位医生和法政学生,不知他们的提琴练习后来进境如何。现在回想起来,他们当时进步虽慢,但炎夏的练习室中的苦况,到底比我少消受一些。他们每星期不过到练习室三四次,每次不过一二小时。而且在练习室中挥

PART4 以艺术的方式过一生

扇比拉琴更勤。我呢,犹似在那年的炎夏中和提琴作了一场剧烈的奋斗,而终于退守。那个医生和法政学生现在已由渐渐的进步而成为日本的 violinist(小提琴家)也未可知;但我的提琴上已堆积灰尘,我的手指已渐僵硬,所赢得的只是对于提琴练习的一个艰辛严肃的印象。

我因有上述的经验,故说起音乐演奏,总觉得是一种非常严肃的行为。我须得用了"如临大敌"的态度而弹琴,用了"如见大宾"的态度而听人演奏。弹过听过之后,只感到兴奋的疲倦,绝未因此而感到舒服。所以那个朋友拍着我的肩膀而说的话,在我觉得冤枉,不能首肯。难道是我的学习法不正,或我所习的乐曲不良吗?但我是依据了世界通用的教则本,服从了先生的教导,而忠实地实行的。难道世间另有一种娱乐的音乐教则本与娱乐的音乐先生吗?这疑团在我心中久不能释。有一天我在某学校的同乐会的席上恍然地悟到了。

同乐会就是由一部分同学和教师在台上扮各种游艺,给其余的同学和教师欣赏。游艺中有各种各样的演,唱,和奏。总之全是令人发笑的花头。座上不绝地发出哄笑的声音。我回看后面的听众,但见许多血盆似的笑口。我似觉身在"大世

界""新世界"① 一类的游戏场中了。我觉得这同乐会的确是"乐"！在座的人可以全不费一点心力而只管张着嘴巴嬉笑。听他们的唱奏，也可以全不费一点心力而但觉鼓膜上的快感。这与我所学习的音乐大异，这真可说是舒服的音乐。听这种音乐，不必用"如见大宾"的态度，而只须当作喝酒。我在座听了一会音乐，好似喝了一顿酒，觉得陶醉而舒服。

于是我悟到了，那个朋友所赞叹而盼望学习的音乐，一定就是这种喝酒一般的音乐。他是把音乐看作喝酒一类的乐事的。他的话中的"音乐"及"弹琴"等字倘使改作"喝酒"，例如说，"你们会喝酒的人真是幸福，寂寞起来喝一杯酒多么舒服"！那我便首肯了。

那种酒上口虽好，但过后颇感恶腥，似乎要呕吐的样子。我自从那回尝过之后，不想再喝了。我觉得这种舒服的滋味，远不及艰辛严肃的回味的甘美。

---

① "大世界"和"新世界"是当时上海两个游乐场的名称。——编者注